JN409665

성탄특선

아시아에서는《바이링궐 에디션 한국 대표 소설》을 기획하여 한국의 우수한 문학을 주제별로 엄선해 국내외 독자들에게 소개합니다. 이 기획은 국내외우수한 번역가들이 참여하여 원작의 품격을 최대한 살렸습니다. 문학을 통해 아시아의 정체성과 가치를 살피는 데 주력해 온 아시아는 한국인의 삶을 넓고 깊게 이해하는 데 이 기획이 기여하기를 기대합니다.

ASIA Publishers presents some of the very best modern Korean literature to readers worldwide through its new Korean literature series 〈Bilingual Edition Modern Korean Literature〉. We are proud and happy to offer it in the most authoritative translation by renowned translators of Korean literature. We hope that this series helps to build solid bridges between citizens of the world and Koreans through a rich in-depth understanding of Korea.

바이링궐 에디션 한국 대표 소설 035

Bi-lingual Edition Modern Korean Literature 035

Christmas Specials

김애란

성탄특선

Kim Ae-ran

ASIA
PUBLISHERS

Contents

성탄특선

Christmas Specials

오늘은 일 년 중 가장 고요한 도시를 만날 수 있는 날이다. 새벽 1시, 하나둘 꺼져가던 불빛도 보이지 않고 거리의 사람들이 사라질 때—서울은 고장 난 멜로디 카드처럼 조용하기만 하다. 사내는 가짜 아디다스 추리닝을 입고 옆구리에 비빔면을 낀 채 하늘을 바라본다. 낮게 낀 구름 사이로 전신줄이 오선지처럼 뻗어 있다. 사내의 얼굴 위로 눈송이가 떨어지며 스륵 녹는다. 악보를 지나 가장 낮은 음을 향해 내려가는 음표들. 가로등 불빛을 받아, 만지면 따뜻할 것 같은 노란 눈이다.

사내는 주머니에 손을 찔러 넣고 걸음을 재촉한다. 집

It's the quietest night of the year. One in the morning, when the dimming streetlights are barely visible and people outside start to vanish like magic —Seoul is as silent as a defunct musical greeting card. The man in fake Adidas sweatsuit stares up at the sky, a bag of ramen tucked under his armpit. Several electric lines stretch on like staves against clouds hanging low in the sky. A snowflake falls and melts on his face. Snowflakes make their way across the staves like notes heading for the bass clef. The yellow snowflakes seem warm to the touch as they reflect light from the streetlamp.

앞 구멍가게가 문을 닫은 탓에 편의점까지 돌아 나온 길이 멀다. 담배 한 갑과 라면을 산 뒤 총총 자취방으로 기어들어 가는 길, 주머니 속 잔돈이 구세군 종소리처럼 경쾌하게 짤랑인다. 사내는 그녀의 얼굴을 떠올린다. 어쩌면 하늘 위로 사내의 씨앗같이 하얀 눈송이가 무수히 떨어지고 있기 때문인지도 모른다. 오늘 밤, 세계에는 많은 '사람의 아이들'이 생겨날 것이다. 사내는 성탄절에 그녀의 안부를 궁금해하는 자신이 못마땅하다. 그 안부는, 상대의 기분을 상상하느라 자주 눌러본 탓에 막상 누군가의 손에 도착했을 땐 아무 소리도 나지 않는 멜로디 카드처럼 실패의 예감을 안고 있다. 사내는 그녀에게 자자는 말을 빙빙 돌려 말하고 난 뒤 홀로 주먹을 쥐었을 때처럼, 그때와 똑같이, 작게 중얼거린다.

"나는 왜 이렇게 빤한가……"

사내는 동네 여관을 흘깃 쳐다본다. 흰색 입간판 위에 빨간 글씨로 '여관'이라 쓰여 있는 게 보인다. 여관의 이름은 '여관'이다. 여관 모르냐, 뭐 다른 설명 필요하냐는 듯. '여관'은 가짜 담쟁이넝쿨로 뒤덮인 3층짜리 건물로,

The man hurries on, his hands thrust into his pockets. All the small grocery stores in his neighborhood were closed, so he had to walk all the way to the convenience store. He strides down the street back to his apartment with a pack of cigarettes and a bag of ramen, the change in his pocket jingling as merrily as the Salvation Army bell.

"I wonder how she is."

He's suddenly reminded of her face, perhaps by the thousands of snowflakes reminiscent of his own sperm falling from the sky. Tonight, multitudes of babies will be conceived all over the world. He's disappointed in himself for thinking about his ex on Christmas. The thought is heavily laden with the premonition of failure, like a musical greeting card pressed too often in anticipation of the recipient's response and dead by the time it reaches the recipient. Like the time he asked her in a very roundabout way if she would like to sleep with him, and then beat himself up over it, he quietly mumbles the question, "Why am I so predictable?"

He turns a corner in the alley and glances at the neighborhood inn. On the white, upright sign-

현관 앞에 일 년 내내 크리스마스트리가 세워져 있었다. 사시사철 크리스마스인 양 슬프게 반짝이던 오색 불빛은 오늘을 거짓말로 만들려는 듯 부지런히 깜빡이고 있다. 사내는 그곳에 가본 적이 없지만 거기가 어떤 곳인지 알고 있다. 그곳이 어떤 곳인가를 알기 위해 사내에게 별다른 상상력이 필요할 것 같진 않다. 전국의 여관이란 제주에서 서울까지 대개 빤한 곳이다. 구조도 그렇고, 손님도 그렇고, 하는 일도 그렇다. 하지만 빤한 것들은 언제나 이상한 마력이 있어서, 그것이 빤하다는 걸 알면서도 그 빤함이 이상해, 정말 빤하다는 걸 믿을 수 있을 때까지 몇 번이고 확인하게 만드는 무엇이 있다. 사내는 매일 그곳을 지나쳤고, '쳐다보지 말자' 다짐하면서 꼬박꼬박 쳐다봤다. 그러고는 그런 자신을 누군가 쳐다볼까 서둘러 걸음을 옮기곤 했다.

사내는 여관을 부정한 곳이라 여기지 않았다. 사내는 모텔과 여관 창문을 올려다보며 '부러움'을 느꼈다. 그 많은 방 중 진짜 자기 방은 없다는 불안 때문이었다. 사내는 몇 년째 여동생과 방을 같이 쓰고 있다. 집안 사정이 어려워서였는데, 다 큰 오누이가 같이 사는 것은 많

board, "INN" is printed in red. The name of the inn is "INN", as if to say, "What else do you call an inn?" "INN" is a three-story building crawling with fake vines and always decorated with a Christmas tree in the lobby. The tacky Christmas lights perennially blinking, dolefully trying to convey holiday spirit, blinks especially hard today as if to turn actual Christmas into a lie. He knows what sort of place this inn is although he's never been inside. It doesn't take an especially active imagination to figure that out. Inns are all predictable from Seoul to Jeju Island—the structure, the frequenters, the activities. However, predictable things always have a certain magical allure. One is compelled to confirm their unsettling predictability many times over until one is fully convinced that they are, indeed, predictable. He walked past this place every day, each time vowing not to stare, and never failing to stare. Then, afraid someone might be staring at him staring, he would hurry on.

He doesn't think of the inn as a lewd place. He sometimes looks up at motel or inn windows and feels envy, which comes from the insecurity of knowing none of those rooms is his. He's been

은 사람들에게 남우세스럽게 보이는 일이었다. 이들에게도 불편한 점이 없는 건 아니었다. 동생은 민망해질 상황이면 사내에게 재빨리 농담을 건넸다. 혹은 대놓고 핀잔을 주기도 했다. 사내는 "아가씨가 뻰뻰하다"며 나무랐지만, 나중에는 그 뻰뻰함이 얼마나 큰 배려인지 알게 되었다. 그것은 두 사람이 함께 살아갈 수 있는 지혜이기도 했다. 하지만 사랑에 빠졌을 때, 사내는 처음으로 자신에게 방이 있었으면 했다. 꼭 섹스를 위해서가 아니더라도 소소한 잡담을 나누고, 온종일 함께 있을 수 있으며, 여관처럼 뒷문으로 나가지 않아도 되는, 그런 방이었으면 했다.

사내가 자취방에서 연인과 몸을 섞지 않은 건 아니었다. 그들은 아주 작은 기척에도 놀라야 했다. 누군가 올 것 같은 느낌. 나가야 될 것 같은 느낌. 그러나 속절없이 달아오른 청춘과 아득한 살내음. 눈 감고 기어오른 그녀의 몸뚱이 위에서 혼몽해진 정신으로 음탕하고 지저분한 말이라도 좀 할라치면, 동네 아이들이 떠드는 소리와 채소 트럭의 확성기 소리, 하수도 공사음이 들려왔다. 사내가 그녀에게 처음으로 사랑한다 말했을 때도

sharing a room with his sister for the past few years because of money problems in the family. Some people find it indecent that two grown siblings of the opposite sex are sharing a room. The living arrangement has its inconveniences, but his younger sister manages to turn potentially awkward situations into jokes, sometimes even pretending it was all his fault. He called her "a shameless girl" at first, but later discovered she was trying to make the best of an uncomfortable situation by concealing her discomfort behind this so-called shamelessness—a wise remedy. But when he fell in love, he wished for the first time that he had a room of his own—not just for sex, but for small talk and hanging out all day without having to sneak out the back like people checking out of an inn.

It's not as if he never made love in his room. The smallest sound would startle him and his lover, as if someone was about to walk in on them, as if they weren't supposed to be there. But when the persistent longing of youth, the dizzying odor of flesh, and the delirium of crawling onto her body with his eyes closed inspired him to talk dirty, the sounds

그랬다. 구름에 가려진 하늘, 어두운 도시, 비 닿는 소리가 두 사람의 가슴속, 저 서정의 밑바닥에 동심원을 그리며 천천히 엉겼다 풀어지길 반복하고 있을 때—두 사람은 그 마음의 소리를 듣느라 아무 말도 못 하고 있었다. 사내는 그녀를 안고 입 맞춘 뒤 그녀의 눈을 바라보았다. 그러자 갑자기 못 견디게 사랑한다는 말이 하고 싶어졌다. 마음은 사내에게 속삭였다. '지금이야, 지금이어야만 하는, 지금이 아니면 안 되는 그런 순간 있잖아.' 사내는 중요한 말을 하듯, 그리고 그 마음을 똑똑히 들어줬으면 좋겠다는 듯 힘주어 말했다.

"사랑해."

그녀가 한 손으로 사내의 얼굴을 만졌다. 사내는 기대에 찬 눈으로 그녀를 바라봤다. 이윽고 그녀의 입술이 천천히 열리며 마음의 답장이 전해지려는 순간, 창밖으로 한 떼의 아이들이 지나가는 기척과 함께 누군가 소리치는 게 들려왔다.

"씹탱아! 그게 아니잖아! 저 새낀 항상 저래."

방 안의 공기는 외계의 소음에 찢겨 초라하게 쪼그라들었다. 사내는 야한 농담을 했는데 아무도 웃어주지 않았을 때처럼 죽고 싶어졌다. 사내는 소심하게 그녀의

of children screaming, the megaphone of the vegetable vendor's truck, and the noise from sewer construction interrupted.

That's how it was on the day the man first told the woman he loved her. The sky obscured by clouds, the dark city, and the sound of rain were drawing concentric circles deep in the well of their senses, slowly entwining and untangling. They were speechless as they tried to listen to their hearts. After kissing her in embrace, he looked into her eyes. Then, he was overwhelmed by the urge to tell her he loved her. His heart whispered, "Now's the time. The moment when you know it's now or never." As if saying something of great importance, wishing she would hear his heart loud and clear, he stressed each syllable: "I love you."

She caressed his face with one hand. He looked at her with hopeful eyes. Her lips parted slowly, and as she was about to send him an answer straight from her heart, a herd of children flocked past their window and one of them yelled, "You *fuckwad*! That's not what I meant! That bastard's always like that!" The sound tore through the tumescent air of the room instantly turned it flaccid. He wanted to die, like that time he made a dirty joke

거웃을 만지작거리며 '아, 그 새낀 항상 그러는구나' 생각했다. '진짜 나쁜 새끼네' 하고.

그녀와 헤어진 지 몇 년이 지나 지금은 다른 곳으로 이사를 했지만, 사내는 여전히 자신에게 방이 있었으면 한다. 지금의 셋방 역시 여관처럼 때가 되면 어김없이 전화가 걸려와 나가라고 할 것 같아서이다. 서울살이 10여 년, 사내는 많은 방을 옮기며 살아왔다. 다른 이들과 욕실을 같이 쓰는 단칸방도 있었고, 장마 때마다 바지를 걷고 물을 퍼내야 하는 반지하도 있었다. 그녀 역시 그 방들에 대해 잘 알고 있었다. 방에 따라 달라졌던 포옹과 약속에 대해서도, 그러나 어느 곳이든 따라다녔던 초조에 대해서도 그녀는 다 알고 있었다.

사내가 가장 오래 살았던 방은 대학가 근처 5층 건물의 옥탑이었다. 1층에 있는 주인집을 반 바퀴 돌아 한참 계단을 올라가다 보면 나오는 조립식 건물이었다. 계단은 좁고 가팔랐지만 난간이 없었다. 계단을 오를 때마다 사내는 몸을 낮춘 채 곡예하듯 움직여야 했다. 그곳에선 모든 걸 조심해야 했다. 걷는 것도, 씻는 것도, 섹스도 조심스럽지 않으면 안 되었다. 사내와 그녀는 쉬

and no one laughed. He fiddled with the hem of her skirt. "Oh, that bastard," he thought. "Always like that...What an awful bastard."

It's been years since they broke up, and he and his sister have moved since, but he still wishes he had his own room. He's afraid someone will call someday and ask him to vacate this rented room the way people are kicked out of inns. In the umpteen years he's lived in Seoul, he's moved many times. He once lived in a boardinghouse with a shared bathroom, and also in a half-basement where he had to roll up his pants and scoop water out of his room every summer during monsoon season. His ex was also familiar with these rooms, the embraces and promises that changed with each one, the uneasiness that pursued them wherever they went.

The place he'd lived the longest was a rooftop room on a five-story building near a college district. It was a small prefab at the top of a stairway that coiled up halfway around the building from the first floor where the landlord lived. The steps were narrow and steep, but there was no railing. Every time he climbed those stairs he had to lower his

지 않고 계단을 올랐다. 층층마다 얼음이 낀 날에도, 비바람이 몰아치는 장마철에도, 섹스를 하기 위해 계단을 기어오르는 그들의 모습은 마치 북극의 빙산에 매달린 조난객들처럼 보였다. 사내는 하늘 속으로 걸어가는 그녀의 뒷모습을 바라보며 그녀가 저대로 영영 사라져버리지 않을까 가슴 졸였다. 그리고 어느 날, 그녀가 정말로 사라졌을 때 사내는 혼자 까마득한 계단을 내려다보며 생각했다. 그녀가 떠난 건 마음이 변했기 때문이 아니라고. 단지 조금 다리가 아팠던 것뿐일 거라고.

그렇지만 이제 가슴이 아리진 않다. 지금 사내의 옆구리엔 한 봉지 라면이 다정하게 바스락거리고, 오늘 밤 티브이에선 틀림없이 성탄특선 영화가 나올 테니까. 저기 '여관'의 간판 불은 꺼져 있다. 방이 모두 나간 모양이다. '크리스마스니까' 하고 사내는 웃는다. '오늘 밤 어느 야쿠자 두목은 세 명이랑도 하겠지?' 생각하니 조금 시무룩해진다. 그러자 곧 먼 곳에서 사슴뿔을 단 세 명의 아가씨들이 엎드린 채 사내를 바라보며 '음매에—' 하고 운다. '……사슴이 그렇게 울었던가?' 생각해보지만 사내는 한 번도 사슴의 울음소리를 들어본 적이 없다. 다

center of gravity and move with the precision of an acrobat. Everything had to be done carefully up there—walking, cleaning, sex. They climbed those steps unrelentingly. On days when there was black ice on every step, or in the middle of monsoon thunderstorms, they climbed the stairs to have sex, like a couple of mountaineers hanging off an iceberg at the North Pole. Watching her as she ascended into the sky, he would worry that she'd disappear forever one day. One day, when she did disappear, he looked down at the dizzying steps and thought, "She didn't leave because she had a change of heart. It's just that her legs got tired."

But his heart does not ache anymore. There's a bag of ramen rustling pleasantly under his armpit, and there will be "Christmas Specials" on TV tonight. The "INN" has turned off its sign. All the rooms must be taken. "Because it's Christmas," he chuckles to himself. "Some powerful *yakuja* is probably doing three girls tonight," he thinks, and instantly becomes depressed. In the distance, three ladies wearing plush antlers crawl on their bellies and moo. "Do deer moo?" he asks himself, but he's never heard deer make a noise. It's certain, though,

만 오늘 밤 지구의 연인들이 최선을 다해 소리 지르고 있을 것만은 분명하다. 첫 경험 후, 사내는 얼마나 당혹스러웠던가. 친구의 얼굴을 보며 '재도 하고 재도 하겠지?' 상상하다가 '부모님도 하고, 쌀집 아줌마도 하고, 이순신도 하고, 비틀스도 하고, 장개석도 했겠지? 모두?'라는 결론에 이르러 고개를 숙였었다. '그럼 내 동생도?' 물론 오래전의 일이다. 사춘기 때였다면 글썽이는 눈으로 '선생님도 하나요? 그런가요?' 했겠지만, 이젠 '에이, 같이 하는 사이에 왜 그래요?' 하고 능청을 떨지 모른다. 사내는 라면 봉지를 흔들며 횡단보도를 건너 골목길로 향한다. 그러곤 심심한 듯 휴대 전화를 꺼내 동생에게 문자 메시지를 보낸다.

—뭐 해?

벌써 세 번째 문자다. 사내가 짓궂은 미소를 짓는다. 사내는 동생이 지금 무얼 하고 있을지 알고 있다. 아침부터 허둥지둥 보디크림과 향수, 속옷 따윌 챙겨 넣는 모습을 모른 척 훔쳐 봤기 때문이다. 사내는 동생의 남자 친구도 알고 있다. 집 앞에서 마주쳤을 때 꼬박 예의 바른 인사를 건네던 것을 기억한다. 동생은 지금 그 친구와 있을 것이다. 그렇다고 오빠답게 뭔가 나무라는

that couples all over the world will be screaming the best they can tonight. How baffled he'd been after his first experience! "You? You, too?" he'd thought, studying his friends' faces. "My parents? The lady at the rice store? Yi Soon-shin? The Beatles? General Chiang Kai-shek? All of them?" When he arrived at the inevitable conclusion, he felt despair. "My sister, too?" That was a long time ago. If the revelation had come during puberty, he would have asked, tears in his eyes, "You, too, teacher? Is that how it is?" But now he would roguishly say, "What's the big deal? Everyone does it, after all." He walks past the inn, crosses the street, and approaches the alley, swinging his bag of ramen. He pulls his cell phone out of his pocket and sends his sister a text message, perhaps out of boredom: *What are you up to?*

This is the third text message he's sent her tonight. He smirks. He knows very well what his sister's up to. He pretended not to notice her frenzied packing this morning as she grabbed the tub of body lotion, her perfume, underwear, and so on. He's met the boyfriend, too. He remembers his polite introduction when they ran into each other in front of the apartment. His sister is probably with

문자를 보내려는 것은 아니다. 괜찮다. 비틀스도 하고, 장개석도 하는 것을 동생이 하는 것은 하나 이상할 것이 없다. 이왕 하는 거 잘하라고 격려해주고도 싶다. 사내는 세 시간에 한 번꼴로 같은 문자를 보내고 있다. 동생은 지금쯤 성질이 났을 거다. 사내는 빨갛게 언 손으로 꾹꾹 천지인을 누르며 한 번 더 문자를 보낸다.

—정말 뭐 해?

사내는 휴대 전화를 주머니에 집어넣으며 주위를 살핀다. 아까부터 뭔가 이상하다고 느꼈는데 뭔지 알 수 없다. 텅 빈. 도시의 북쪽. 도시의 변두리. 사내는 곧 거리에 자기밖에 없다는 사실을 깨닫는다. 사내는 주위를 둘러보며 중얼거린다.

"모두, 어디로 간 걸까?"

추위 때문에 팽팽해진 전신줄이 휘청거린다. 라디오에선 캐나다 국경 근처의 사슴이 전신주에 올라가 죽었다는 뉴스가 보도되고, 팔리지 못한 카드 위로 루돌프가 정지된 웃음을 짓고 있는 밤. 어디선가 성가대 소년의 사탕 껍질 벗기는 소리만 '바스락' 들려오는—오늘은 일 년 중 가장 먹먹한 새벽을 만나는 날, 성탄절이다.

that fellow right now. He doesn't intend to send her the cautionary, disapproving text message an older brother ought to on such occasions. He's cool. There's nothing wrong with his sister's engaging in an activity also practiced by the Beatles and General Chiang Kai-shek. He almost wants to cheer her on: "What's worth doing is worth doing well!" He's been sending the same text messages at roughly three-hour intervals. She's probably pissed at him by now. He presses the keys with his red, frigid fingers to text her once more: *Seriously, what are you up to?*

He looks around as he puts the cell phone back in his pocket. He has the strange feeling that something is out of place, but he can't put his finger on it. Empty. North of the city. The area between urban and suburban. It soon occurs to him that he's the only one on the street.

"Where is everybody?" he murmurs, looking around.

Pulled taut in the freezing cold, the electric lines bounce in the air. The radio is on somewhere, and a newscaster reports on a deer that climbed an electric tower near the Canadian border and died. On a night when Rudolph's frozen gaze looms over

*

여자는 소매 끝으로 김 서린 창문을 닦아낸다. 라디오에서 들국화의 「또다시 크리스마스」가 흐르고, 창밖에는 눈이 내린다. 여자는 무릎을 모은 채 사색에 잠긴 듯 보이지만 사실 좀 화가 나 있다. 남자는 여자의 눈치를 보며 와이퍼로 차창 유리를 닦는다. 최근 남자가 150만 원을 주고 산 팥죽색 중고차가 얼음 낀 도로 위로 미끄러져 나간다. 조금 전까지도 둘의 분위기는 아주 좋았는데. 모든 게 '방' 때문이다.

여자와 남자는 대학 때부터 사귀기 시작해 벌써 네 번째 크리스마스를 맞는다. 그러나 두 사람이 함께 크리스마스를 보내는 건 올해가 처음이다. 첫 번째 크리스마스 때, 여자는 남자에게 한마디 말도 않고 시골집에 내려가 버렸다. 남자는 자신이 무슨 잘못을 한 게 아닐까, 통화가 안 되는 휴대 전화를 붙들고 끙끙댔지만, 여자가 낙향한 이유는 단지 '옷이 없다'는 거였다. 여자는 진심으로 우울해했다. 오빠와 한방에 사는 처지에 옷이나 장신구가 많을 리 없었다. 학비를 모은 뒤 남은

unsold Christmas cards, as the rustling sound of a choirboy ripping his candy wrapper echoes through the air. It's Christmas—the most sullen morning of the year.

*

The woman wipes the frosty window with her sleeve. "Christmas Again" by Deulgukhwa is playing on the radio, and it's snowing outside. She sits with her knees pressed together. She appears to be deep in thought, but she's actually a bit upset. The man turns on the windshield wipers, cautiously studying her mood. The maroon car he bought recently for 1.5 million *won* crawls down the sleety road.[1)] They were fine up until just a moment ago, but things went sour because of the room issue.

Although they've been a couple since four years ago when they were in college, this is their first Christmas together. The first year, she took off for her parents' without a word. He racked his brains trying to figure out what he'd done to upset her, all the while clutching his cell phone: she refused to answer his calls. The reason she left the city was

돈으로 멋을 부려보지 않은 건 아니지만, 블라우스를 사고나면 그에 어울리는 치마가 없고, 치마를 사고 나면 신발이 없었다. 여자의 옷차림은 스카프를 둘러맨 오리처럼 어정쩡한 구석이 있었다. 여자는 그 사실을 모르고 한동안 새로 산 치마 한 벌에도 기분이 좋아, 온종일 혼자만의 자신감에 휩싸여 캠퍼스를 날아다니곤 했다. 그러나 어느 순간 여자는 알게 되었다. 세련됨이란 한순간에 완성되는 것이 아니며, 오랜 소비 경험과 안목, 소품의 자연스러운 조화에서 나온다는 것을. 옷을 '잘' 입는 것이 아니라 '자연스럽게 잘' 입기 위해 감각만큼 필요한 것은 생활의 여유라는 것을. 스물한 살 여자는 남자에게 예뻐 보이고 싶었다. 그것은 허영심이기 전에 소박한 순정이었다. 그리하여 크리스마스 날, 남자가 여자의 옷맵시를 한 번도 비난하지 않았음에도 불구하고 여자는 입을 옷이 변변찮단 이유로 도망쳐버린 것이었다. 그날 혼자 소주를 마셨던 남자는 여자가 잠적한 까닭을 지금까지 모르고 있다.

두 번째 크리스마스 땐 남자가 고향에 내려가야 한다고 했다. 어머님이 편찮으시다는 이유에서였다. 남자는

quite simple: she had nothing to wear. Her inadequate wardrobe truly depressed her. It wasn't easy for a woman whose low income forced her to live with her brother to set aside extra money for nice clothes or accessories. She did try to doll up a bit with what was left after saving enough to cover tuition, but when she got a nice blouse, she didn't have the right skirt to go with it, and when she got the skirt, her shoes didn't match. She was always dressed awkwardly, like a duck with a scarf around its neck. Oblivious to her uncoordinated attire, she would flit about the campus wearing her newly purchased skirt, feeling wonderful about herself. But then, the thought dawned on her one day: chic doesn't happen overnight. It's the result of shopping experience, a good eye, and well-coordinated accessories. In order to dress well and look natural in nice clothes, she had to have at least some disposable income. She was twenty-one and wanted to look pretty for her boyfriend, more out of genuine affection than superficiality. Therefore, on Christmas, she ran away despite the fact that he had never once complained about the way she dressed. He stayed in Seoul that Christmas with only *soju* to keep him warm.[2)] To this day, he has

그날 서울에 있었다. 옷이 아니라 돈 때문이었다. 남자는 졸업 후 일 년 동안 취직을 못 한 탓에 여자에게 많은 신세를 지고 있었다. 여자는 호프집 아르바이트를 했고, 남자를 만날 때마다 자잘한 밥값과 여관비를 감당해오고 있었다. 남자는 여자에게 미안했지만 '조금만 더 신세 지자' '붙으면 정말 잘해주자' 다짐하며 부지런히 원서를 넣었다. 남자가 아르바이트 생각을 해보지 않은 것은 아니었다. 하지만 자기소개서와 이력서를 쓰는 데만 꼬박 하루가 걸렸다. 남자는 '대체 처음 보는 회사의 입사 동기나 10년 후 내 모습에 대해 어떻게 1,500자나 쓴단 말인가' 답답해하면서도, 이력서를 쓸 땐 오랜 공을 들였다. 그사이 회사에 대한 정보를 분석하고, 면접용 답안을 만들고, 필기시험을 준비하는 데도 며칠이 걸렸다. 남자에게 없는 것은 시간만이 아니었다. 기본적인 교통비나 식대에서부터 예상치 못한 축의금까지 돈 들어가는 곳이 한두 군데가 아니었다. 게다가 면접용 양복이라도 한 벌 사는 날엔 두 달치 생활비가 금방 날아갔다. 면접에서 좋은 인상을 주기 위해선 양복도 싼 것만을 고집할 순 없었다. 그러나 양복을 사고나면 구두를 사야 했고, 구두를 사고 나면 가방을

no idea why she took off that day.

The second Christmas rolled around, and now it was his turn to "visit the parents." He told her he was out of town visiting his sick mother when in fact he was in Seoul. This time, money was the issue. He hadn't been able to get a job for a year after graduation, and felt he was being a burden on her. She was working part-time at a bar, and was able to take care of the motel, dinner, and so on. He felt bad, and vowed to do right by her when he found employment. He would depend on her for just a little while longer while working on his job applications with religious fervor. It wasn't that a part-time job hadn't crossed his mind, but it took him all day to put together his job applications. While grumbling about how the hell he was supposed to write 1,500 words on "Why do you want to be a part of this company?" or "Where do you see yourself in ten years?" he paid scrupulous attention to his applications. It usually took him days to do enough research on the company he was applying to, in addition to prepping himself for interviews and written tests. It wasn't just time he was short on. What little money he had to begin

사야 했다. 그렇게 몇 차례 면접을 보면 계절이 바뀌었고, 계절이 바뀌면 또 다른 양복이 필요했다. 언젠가 몹시 춥던 겨울날, 코트 살 돈이 없던 남자는 양복 위에 노란색 오리털 점퍼를 걸치고 면접에 갔다. 남자는 자신의 낡은 점퍼를 사람들이 자꾸 쳐다보는 것 같아 식은땀을 흘렸다. 하지만 남자를 가장 힘들게 한 것은 시험 때마다 '붙을 듯 말 듯'한 성적으로 떨어진다는 사실이었다. 남자는 자신을 격려해주는 여자 앞에서 '이 여자, 나는 견디고 있는 것은 아닐까' 자책했다. 그러다 온갖 연말 청구서가 몰아치는 12월이 되었고, 한 번 더 시험에 낙방하고 생활비도 거의 바닥났을 즈음—말하자면 역병처럼 크리스마스가 돌아온 것이었다.

크리스마스를 며칠 앞둔 날, 남자는 도서관 휴게실에 앉아 자판기 커피를 마시고 있었다. 남자는 여자가 졸업 선물로 준 만년필을 꺼내, 종이컵 위에 성탄절에 드는 하루 데이트 비용을 적어보았다. 저녁식사 약 2만 원, 영화 관람료 1만 4천 원, 선물 2만 원, 찻값 1만 원, 모텔비 4만 원…… 얼추 10만 원이 넘었다. 여자가 찻값이나 영화 관람료를 낸다고 해도 적은 돈이 아니었다. 돈을 꾸어볼까 생각해봤지만, 그럴 만한 곳에서는

with seemed to slip through his fingers. He had barely enough to afford transportation, food, unexpected weddings of friends, and other basic necessities. He had to spend two months of living expenses to buy a suit for job interviews. He couldn't go on buying cheap suits if he wanted to make a good impression, and getting a nice suit meant having to get nice dress shoes and a briefcase to go with it. With the change of season came the need for a new suit. One awfully cold winter day, he went to a job interview wearing a yellow parka because he couldn't afford a coat. He broke into a cold sweat in the waiting room thinking that everyone else was silently mocking his yellow parka. The hardest thing for him to endure, however, was the fact that he was always rejected by the narrowest of margins. When she continued to encourage him, he tormented himself with the thought that perhaps she was merely tolerating him. Then came December, the month of last notices and bills. He was broke, had just been rejected by another company, and Christmas struck back like the plague.

A few days before Christmas, he was drinking coffee from a vending machine in the rest area of a

이미 빚을 진 상태였다. 남자는 여자와 크리스마스를 함께 보내고 싶었다. 저녁도 먹고, 선물도 주고, 와인이나 칵테일도 마시고, 평소 가던 곳보다 조금쯤 더 비싼 모텔에서 근사한 섹스도 하고 싶었다. 그러니까…… 남들처럼. 남자는 돈을 구할 수 없었다. 그렇다고 크리스마스 날까지 여자에게 모든 비용을 부담하게 만드는 형편없는 남자는 되고 싶지 않았다. 결국 남자는 거짓말을 했다. '어머님이 편찮으시다.' 그것이 자신과 여자에게 해줄 수 있는 유일한 크리스마스 선물이었다.

세 번째 크리스마스 즈음, 두 사람은 헤어진 상태였다. 여자가 취업 준비로 힘들어하는 동안, 남자는 야근과 과로 때문에 여자에게 마음을 쓰지 못했다. 여자는 자신의 고민을 점점 재미없게 듣는 남자에게 상처를 받았다. 남자는 단지 피곤하기 때문이라고 말했다. 같은 불만과 같은 변명이 반복됐고 두 사람은 헤어졌다. 그러나 그것은 모든 연인들이 한두 번씩 겪는 시시한 이별이었다. 두 사람은 몇 달 뒤 다시 만났다. 하지만 그땐 이미 크리스마스가 지난 후였다. 크리스마스 날, 여자는 '여관' 앞에서 다투고 있는 연인을 무심코 쳐다봤다

library. He pulled out the fountain pen the woman had given him as a graduation present and started to jot down projected expenses for a Christmas date. Dinner: 20,000 *won*. Movie Tickets: 14,000 *won*. Present: 20,000 *won*. Coffee: 10,000 *won*. Motel Fee: 40,000 *won*. It came to over 100,000 *won*. Even if she were willing to take care of the coffee and movie tickets, it was still quite a lot of money. He thought about borrowing money from people, but he had run out of people to borrow from. He wanted to spend Christmas with her. He wanted to dine with her, give her presents, drink wine or cocktails, and have fantastic sex at a slightly more upscale motel than usual...like other people do. He couldn't come up with the money for a Christmas date, but he didn't want to be the pathetic loser who made his girlfriend pay for everything on Christmas. In the end, he lied. "My mother's sick." That was the best Christmas gift he could give his girlfriend and himself.

By the third Christmas, they had broken up. The tide had turned, and now it was the woman's turn to have trouble finding a job. He was too tired from long hours and chronic fatigue to pay atten-

가 웬 사내로부터 "뭘 봐? 이 미친년아!"라는 소리를 듣고 놀라 서럽게 달음질쳐야 했다. 여자는 쿵쾅거리는 가슴을 안고 달려가다 문득 남자가 보고 싶다고 생각했다.

그리고 비로소 오늘, 이들은 둘만의 온전한 크리스마스를 맞이하게 되었다. 두 사람은 어느 때보다도 기쁘고 여유롭게 성탄을 맞을 준비가 돼 있다. 이제 남자에겐 번듯한 직장이 있고 여자에게도 깔끔한 구두와 소박한 정장이 있다. 두 사람은 조금쯤 세련돼졌고, 데이트 비용보다 주차 공간을, 옷보다는 주택 청약을 고민하는 나이가 되었다. 지금 이들에게 필요한 건 옷이나 돈이 아닌 '방'일 것이다. 두 사람 다 오랫동안 누군가와 함께 산 탓에 연애 기간 내내 묵을 곳을 찾아다녔기 때문이다. 동거인이 없는 틈을 타 각자의 셋방에서 서로를 안을 때도 있었다. 하지만 그것은 퍽 불안한 포옹이었다. 남자는 여자와 몸을 섞는 도중 문이 불쑥 열리며 여자의 오빠라도 들어오면 어쩌나 불안해하곤 했다. 발가벗은 채 그와 눈이라도 마주치면, 그러면—'자살해버려야지' 하고. 남자는 언젠가 손가락을 꼽으며 놀라운 듯 말했다. 우리가 4년간 쏟아부은 모텔비가 수백만 원을 넘

tion to her needs. She was hurt by his increasingly cursory responses to her worries. He explained that he was simply tired. They repeated the same accusations and made the same excuses until they finally broke up. However, it turned out to be one of those "breaks" that many couples take. They got back together a few months later, but Christmas had come and gone by then. On that Christmas, she was looking at a couple quarreling outside a motel when the man shouted, "What the fuck are you lookin' at, bitch?" As she scurried away, frightened and sad, it occurred to her that she missed her boyfriend.

Today, they are finally about to get their perfect Christmas. They are looking forward to spending a happy, relaxing holiday. He has a decent job, and she has a nice suit and a pair of shoes to go with it. The two have become a bit more refined, and are now at the age when parking space is a bigger issue than dating expenses, and saving up for a down payment on a house is more important than clothes. What they need now is a room. Since neither has ever lived alone, finding a room has been a routine since they first got together. There were

는다고. 왠지 그 숫자가 두 사람의 애정 지수를 말해주는 것 같아 여자는 뿌듯했지만, 그것은 당시 두 사람의 은행 잔고보다 많은 돈이었다. 이들은 아마 오늘 모텔에 갈 것이다. 아무런 약속도 하지 않았지만 남자와 여자는 오래된 연인답게 알고 있다. 오늘 밤, 두 사람이 같이 있게 될 것이라는 것을. 바야흐로 4년 만에, 크리스마스 날, 드디어 우리도 '할 수 있게' 되었다는 것을.

두 사람은 영화를 봤다. 크리스마스를 겨냥한 로맨틱 코미디였다. 영화는 지루했지만 그들은 '뭔가 하고 있다'는 기분에 들떠 있었다. 영화가 끝난 후엔 극장 근처의 패밀리 레스토랑에 갔다. 대기석에서 30분도 넘게 기다린 끝에 자리를 잡을 수 있었지만 두 사람은 웃고 있었다. 여자는 오늘 자신의 옷차림이 마음에 들었고, 남자는 오래전 종이컵에 적었던 일정을 하나씩 이뤄가는 것 같아 기뻤다. 두 사람은 그릇이 치워지지 않은 테이블 앞에 앉았다. 종업원이 다가와 남자 앞에 무릎을 꿇고 앉았다. 종업원은 과장된 목소리로 인사하며 주문을 권했다. 남자와 여자가 메뉴판을 펼쳐 들었다. 남자의 얼굴에 당혹스러운 빛이 스쳤다. 모두 처음 보는 음

times when they made out in their respective apartments when their roommates weren't around, but they always ended up having nerve-wracking sex. The man used to imagine what would happen if the woman's brother walked in on them. What if they made eye contact while he was stark naked? I'll commit suicide, he thought. Once he calculated the amount of money the two spent on motels in the four years they'd been together, and was surprised to find out that it amounted to scores of millions of *won*. The woman thought of it as a numerical indicator of their love, and felt proud of their relationship. The amount, however, far exceeded either of their bank balances at the time. They'll probably go to a motel tonight. Neither has said so, but they know they'll be together tonight, the way couples in long-term relationships just know: "For the very first time, we will finally be able to do it on Christmas Day."

They went to see a movie, a romantic comedy made for the holiday season. It was tedious, but they were excited to be "doing something" on Christmas. After the movie, they went to a family restaurant. They had to wait more than thirty min-

식인 데다, 메뉴에 딸린 선택 사항을 어찌할지 몰라서였다. 샐러드 드레싱으로 '스모키 허니 디종'을 시켜야 할지, '발사믹 비네그레트'를 골라야 할지, 이 세트와 저 메뉴는 뭐가 다른지, 스테이크를 완전히 익혀달라고 하면 촌스러워 보이지 않을지, 음료를 하나만 시켜도 될지, 그리고 무엇보다도 이렇게 난처해하는 자신을 종업원이 깔보지는 않을지 걱정이었다. 종업원은 주문이 서툰 손님들에게 익숙한 듯했다. 여자와 남자는 종업원의 친절한 설명을 들으며 엉겁결에 주문을 마쳤다. 종업원은 낭랑한 목소리로 "주문 확인해드리겠습니다, 손님"이라고 말했다. 남자는 고개를 끄덕였다. 종업원은 메뉴를 일일이 언급한 뒤 다시 "맞습니까, 손님?" 하고 물었다. 곧이어 오렌지 에이드와 수프, 빵이 나왔다. 여자는 숟가락을 들어 정갈한 그릇에 담긴 양파 수프를 한 술 떠먹었다. 여자가 해맑게 웃으며 말했다.

"맛있다."

남자는 쑥스러운 듯 답했다.

"응. 빵도."

곧 오리엔탈 치킨 샐러드, 텍사스 립 아이, 스파게티 프리마베라가 차례로 나왔다. 두 사람은 식사를 하며

utes for a table, but they were still radiant with happiness. The woman was pleased with her outfit today, and the man was glad he was finally able to check off the activities on the Christmas "to do" list he had written years ago on the paper cup. The two were seated at a table that had not yet been cleared. The waitress came over and kneeled next to the man. She recited a loud, perky greeting and asked for their order. They opened their menus. A flash of panic appeared on his face. He had never heard of these dishes before, nor did he have any idea what to do about the various options. Should he get "Smoky Honey Dijon" or "Balsamic Vinaigrette?" What's the difference between this set menu and that set menu? Would they think less of him if he asked them to cook his steak well done? Could he order just one drink? Is the waitress mocking him inside? But she seemed to know what to do with befuddled customers. They somehow managed to complete their order with her friendly assistance. "Let me check your order for you," she said in a merry voice. The man nodded. The waitress recited everything they ordered and asked, "Is that correct, sir?" A little while later, some orange soda, soup, and bread were served. The woman

지나온 추억과 동기들에 관한 소문, 직장에서의 스트레스에 대해 이야기를 나눴다. '왜 이런 날이면 유독 지난 일들에 대해 이야기하게 되는 걸까' 싶었지만, 사실 아무래도 좋았다. 남자는 리필된 탄산음료를 빨대로 빨며 주위를 둘러봤다. 똑같은 테이블보 때문인지 그곳에 있는 사람들은 모두 비슷해 보였다. 남자는 닭고기에 쓰인, 겨드랑이 암내 비슷한 향신료가 비위에 거슬렸지만 여자에게 '부대찌개'가 먹고 싶다는 얘기는 하지 않았다. 주문이 서툴렀던 탓에 두 사람은 음식을 많이 남겼고, 남자는 식당을 나오며 7만 원이 넘는 밥값을 카드로 결제했다.

식사를 마친 후, 두 사람은 고층 빌딩 위에 있는 고급 바에 들어갔다. 그대로 모텔에 들어가기가 멋쩍어서였다. 두 사람이 손잡고 자동문 안에 들어서자, 말쑥한 차림의 종업원이 다가와 남자에게 물었다.

"두 시간 후 또 주문하지 않으면 나가셔야 되는데, 괜찮으시겠습니까?"

테이블 위론 촛불이 켜져 있고, 재즈풍의 크리스마스 캐럴이 흘러나오고 있었다. 남자는 알코올이 들어가지

lifted her silverware and had a spoonful of French Onion Soup out of the squeaky-clean bowl.

"It's delicious." She was glowing.

"The bread is good, too," he said shyly.

Oriental Chicken Salad, Texas Rib-eye, and Spaghetti Primavera were served in that order. As they ate, the two reminisced about the past, talked about mutual friends from school, and stress at work. "Why do people always talk about the past on such occasions?" they both thought, but it didn't matter. The man looked around the restaurant, sucking on the straw that came with his soda refill. The uniform tables made everyone look pretty much the same. He was put off by some spice on the chicken that smelt of body odor, but he didn't tell her that he would rather have *budaechigae*.[3)] They had a lot of leftovers due to their incompetent ordering, and the man put their Christmas meal of over 70,000 *won* on his credit card.

After the meal, the two went to a fancy bar on the top floor of a tall building. They felt awkward about going straight to a motel. When they walked through the automatic doors hand in hand, a snappily dressed waiter came up to them and said, "You

않은 칵테일을, 여자는 와인을 주문했다. 부드럽게 일렁이는 촛불 사이로 서로의 얼굴이 좀 더 매력적으로 비쳤다. 그들은 서로 선물을 건넸다. 남자는 넥타이 색깔이 마음에 들지 않았지만 여자에게 고맙다고 말했다. 여자는 조심스럽게 선물을 펼쳐보았다. 빨강과 초록이 주를 이룬 크리스마스 팬티와 브래지어였다. 팬티의 밴드 중앙에는 앙증맞은 골든 벨이 달려 있었다. 남자는 여자의 몸에 감길 속옷을 상상하며, 팬티 위에 붙은 그 작은 종이 금방이라도 딸랑딸랑 소리를 낼 것 같아 미소지었다.

처음 들어간 모텔에서 그들은 퇴짜를 맞았다. 두 사람은 '그러려니' 했다. 서울에 모텔만큼 많은 것도 없을뿐더러, 다른 곳을 찾을 수 있을 것 같아서였다. 두 번째로 들어간 모텔에서 돌아 나와야 했을 때도 그들은 별생각이 없었다. '평소 주말에도 그런 경우가 몇 번 있었으니까.' 하지만 한 시간 넘게 시내를 돌아다녀도 빈방을 찾을 수 없었다. 남자는 크리스마스엔 숙박업소의 방이 금세 차버린다는 것을 모르고 있었다. 오늘 같은 날 방을 구할 생각이라면 저녁부터 일찌감치 모텔로 들어가

have to leave if you don't order again in two hours. Is that okay?"

A candle burned on the table, and jazz renditions of various Christmas carols flowed through the air. The man ordered a virgin cocktail and the woman ordered wine. The softly flickering candlelight made them look more attractive. They exchanged gifts. He didn't like the color of the tie she got him, but thanked her anyway. She carefully opened her present. It was a Christmas-themed panty-and-brassiere set that was mostly red and green. On the front center of the elastic band on the panty was a cutesy little gold bell. He smiled as he pictured the lingerie wrapped around her body. He could almost hear the gold bell jingling.

They were turned away at the first motel. They weren't very surprised. There were more motels than any other establishments in Seoul—it wouldn't be long before they found a room. They didn't think much of it when they were rejected at the second motel. That had happened before on weekends. They drove around the city for an hour in search of an empty room. The man wasn't aware of the fact that rooms filled up very quickly on

거나 예약을 해두는 편이 안전하다는 것을. 어렵게 모텔을 발견할 때도 있었지만 그때마다 남자는 '저긴 회사 앞'이라는 이유로, '저긴 주차 공간이 없다'는 이유로 퇴짜를 놨다. 한번은 남자가 반색하며 "저기 어때?"라고 물었다. 여자는 모텔을 흘긋 쳐다본 뒤 "간판 불 꺼져 있으면 방 없는 거잖아"라고 말했다. 남자는 물끄러미 여자를 바라보며 물었다. "그건 어떻게 알았어?" 여자는 성탄절에 모텔 하나 예약해 두지 않고, 늦게까지 술집에 앉아 있던 남자의 주변머리에 화가 났다. 남자는 운전을 하면서 모텔을 찾느라 예민해져 있었다. 한 번 들어가기도 머쓱한 곳을 열 군데 넘게 들락거리다 보니 왠지 여자와의 동침에 목맨 인간처럼 느껴져 언짢기도 했다. 그리하여 여자의 얼굴이 점점 일그러지고, 남자의 말투가 짜증스러워진 것은 두 사람이 벌써 세 시간째 거리를 헤매고 있기 때문이다. 그들은 종로에서 시청으로, 서울역에서 영등포로 모텔을 찾아 내려갔다. 두 사람은 뚱한 표정으로 각기 다른 곳을 내다봤다. 하지만 눈으로는 끊임없이 모텔 간판을 찾고 있었다. 모텔만 찾는다면 쉽게 화해하고, 포옹하고, 잠들 수 있을 것 같았다. 토라진 얼굴로 창밖을 바라보던 여자가 애

Christmas Eve. He didn't know that to secure a room on Christmas Eve, he had to either find himself a room early in the evening or make a reservation. They did manage to find a few vacancies, but he turned them down for some reason such as "It's right in front of my office" or "There's no parking space." Once he excitedly pointed at one motel and asked, "How about that one?" She took one glance and said, "If the lights are off, that means no vacancies." "How do you know this?" he asked. She was upset over his lack of forethought. If he hadn't made motel reservations, they shouldn't have stayed at the bar so late. He was getting irritable trying to drive and find a motel at the same time. It was embarrassing enough having to talk to just one motel clerk about vacancies. By the time he'd been to over ten motels, he felt like a man desperate for sex.

It's been three hours since they began their quest for a motel room. The woman's smile has dissolved into a scowl, and the man has been snapping at her. They drive south from Jongno to City Hall to Seoul Station to Yeongdeungpo. The two scowl in different directions out the window while keeping up a vigilant search for lit motel signs. If only they

써 무심하게 말했다.

"저기, 뭐 있는 것 같은데?"

멀리 구원처럼 빛나는 거대한 네온사인 하나가 보였다. LOVE. 네 채의 건물이 연결된 '러브' 모텔이었다. 건물 위엔 'LOVE'의 알파벳이 하나씩 얹어져 있었다. 얼핏 보아 호텔에 준하는 고급 모텔 같았다. 남자는 가슴을 쓸어내렸다. 건물 앞에는 시원스러운 주차 공간도 있었다. 여자의 얼굴에도 안도감이 스쳤다. 여자는 욕조 가득 뜨거운 물을 받아 거품 목욕을 할 수 있으리라 기대했다. '스파가 되는 크고 둥근 욕조가 있을지도 몰라, 마주 앉아 거품으로 장난을 치다 보면 어느새 서로 매끈거리는 몸을 부비며 안게 되겠지?' 여자는 그동안의 피로와 짜증이 눈 녹듯 풀리는 기분이었다. 남자는 부드럽게 핸들을 꺾어, 푸른 샤워 커튼이 평화롭게 나부끼고 있는 주차장을 향해, 저기 머나먼 모텔 'LOVE'를 향해 천천히 차를 몰고 들어갔다.

*

사내는 비빔면을 먹으며 티브이를 본다. 화면 위로 가

can find a motel, they will make up, hold each other, and fall asleep. She's sullen and goes to great lengths not to sound too excited when she says, "I think there's something over there."

From a distance, huge neon letters shine down on them like salvation. LOVE. It is a "LOVE" motel made up of four buildings joined together, each with a letter of the word perched on top. It looks like an upscale motel, closer to a hotel. The man finally unwinds. There's a large parking lot in front, too. The woman also seems more relaxed. She fantasizes about a warm bubble bath in a large bathtub. They might even have a Jacuzzi. We'll play with the soapsuds and be holding each other's slick bodies in no time. She can feel all the frustration and fatigue melt away. He turns the steering wheel in one slick movement and slowly drives toward the motel parking lot where green curtains like those at a car wash flap peacefully and the "LOVE" motel awaits them in the distance.

*

The man is watching TV and eating ramen. The young Johnny Depp waves his scissorhands on the

위손을 흔드는 젊은 조니 뎁의 모습이 보인다. 영화는 '특선'되었다고는 하나 별로 특선된 것 같지 않다. 다른 채널에서 하는 것들 역시 너무 유명해서 이미 오래전에 보았거나, 흥행에 실패한 뒤 헐값에 팔리는 영화가 대부분이다. 가끔 케이블 티브이에서 개봉된 지 얼마 안 된 따끈한 영화를 틀어주기도 하지만, 그것은 브라운관으로 들어오는 즉시 낡아버렸다. 사내는 별로 재밌지도 않은 영화를 광고까지 끼워 토막토막 잘라 내보내는 케이블 티브이의 방영 방식을 좋아하지 않았다. 그것은 영화를 영화답게 만드는 무엇을 망가뜨리는 일이었다. 비록 안방이 극장은 아니더라도, 로미오가 독약을 들이켜는 순간 스팀 청소기가 나오고, 가위손이 사랑에 빠진 순간 몸매 교정용 거들이 나오는 것은 야비해 보였다. 사내는 젓가락으로 면발을 둥글게 말아 올리며 '내가 예전에 본 걸 왜 또 보고 있지' 생각한다. 그러면서도 채널을 돌리지 않고 그 장면이 거기 있었다는 사실을 다시 확인한다. 사내는 그릇 안의 비빔면을 말끔히 비운 뒤 보리차를 마신다. 사내의 표정이 금세 보리 물처럼 맑아진다. 사내가 수없이 이사를 다녔지만 부엌이 따로 있는 방은 드물었다. 사내는 밥을 사 먹었고, 목이

screen. The movie was chosen as a "special" but it's clear that no special attention was paid in the selection process. The movies on the other channels are either so famous that he'd already seen them several times, or box office flops that TV networks bought on the cheap. Cable networks sometimes aired movies that just opened in theatres, but these movies got old the second they hit the airwaves. The movies on cable network weren't very good to begin with, and they were cut up into a dozen pieces and sandwiched by commercials. He wasn't very pleased about this. It ruined some indescribable thing that made a movie movie-like. Although his living room wasn't a theatre, he thought it was wrong of the network to suddenly flash a steam floor buffer right at the moment Romeo was about to drink the poison, or to interrupt Edward Scissorhand's infatuation with an invitation to buy muscle-toning girdles. He thinks, "Why am I watching something I've seen before?" as he rolls up a few strings of ramen noodles with his chopsticks. Still, he doesn't change the channel just so he can confirm that the next scene is, indeed, what he expected. He empties his bowl and drinks a cup of barley tea. His face instantly becomes as clear as

마를 때면 방에 있는 한 칸짜리 냉장고에서 생수통을 꺼내 병째 들이켜곤 했다. 그러다 처음, 밥을 지어 먹을 수 있는 곳으로 방을 옮겼을 때, 사내는 두 손 가득 보리차가 든 유리컵을 들고 아이처럼 외쳤다.

"이야! 컵에다 물 마시니까 정말 맛있다!"

오래전부터 '소독한 델몬트 주스 유리병에 보리차를 담아, 냉장고에 넣어두었다가 시원하게 마시는 것'은 사내의 로망 중에 하나였다. 그런 것 하나가 자기 삶을 어떤 보통의 기준에 가깝게 해주고 또 윤택하게 만들어주는 것 같아서였다. 사내가 고집하는 생활 습관은 몇 개 더 있었다. 사내는 여동생에게 '아무리 돈이 없어도 화장실 세정제만은 반드시 사 넣어야 한다'고 말했다. 화장실 세정제는 둥근 모양의 고체로 변기 수조에 넣어두는 것이었다. 그러면 물을 내릴 때마다 변기 안으로 파란 수돗물이 쏟아져 나왔다. 사내는 흰 변기 안에 청신하게 고여 있는 푸른 물만 보면 이상하게 기분이 좋아진다고 했다. 심지어는 자신이 괜찮은 인간처럼 느껴진다고. 동생은 사내를 이상하게 여겼지만, 변기가 깨끗해 보이는 건 나쁘지 않다고 생각했다. 사내는 '요즘 세상에 배는 굶아도 인터넷은 좀 하고 살아야 사람답게

barley water. He'd moved a dozen times, but had never lived in an apartment with a separate kitchen. He ate out all the time, and when he was thirty, he would just pull the one-gallon water bottle out of his micro fridge and chug straight from it. The first time he moved into an apartment where he could cook for himself, he held a glass of barley tea with both hands and exclaimed like a child, "Wow! Water tastes so much better in cups!"

One of his aspirations in life was to store barley tea in sanitized Del Monte Orange Juice bottles and drink it cold out of the fridge. He considered this one of those details that would enrich his life and bring him closer to "average." There were a few more "details" he insisted upon. He told his sister, "No matter how broke you are, you should always have a toilet bowl sanitizer." The toilet bowl sanitizer was a blue cake that went into the toilet tank and released blue water into the bowl with every flush. He said he felt good every time he saw that calm pool of blue water in the toilet bowl. It even made him feel like a decent person. His sister thought there was something strange about her brother, but agreed that there was nothing wrong with having a clean-looking toilet bowl. He also

살 수 있다'고도 말했다. 상경 후 쥐구멍 같은 방에 살 때부터 그랬다. 그곳은 동생과 나란히 누우면 더 이상 공간이 없을 정도로 매우 좁은 방이었다. 그 방에서 가장 비싸고 또 자리를 많이 차지한 것은 사내의 고물 컴퓨터였다. 컴퓨터는 불룩한 모니터에 커다란 본체를 가지고 있었다. 그것은 방 한쪽에 보기 싫게 튀어나와, 작동 시 어마어마한 소음을 내며 돌아갔다. 동생은 호프집 아르바이트를 끝내고 돌아올 때마다 모니터 앞에 우두커니 앉아 있는 사내의 굽은 등을 바라보곤 했다. 사내가 밤새 인터넷을 하는 통에 잠을 설칠 때도 많았지만 불평하지 않았다. 컴퓨터의 웅웅대는 소리가 마치 오빠가 '사람답게 살기 위해' 한 손으로 힘겹게 돌리는 발전기 소리처럼 들렸기 때문이다.

그들은 고만고만한 보증금과 월세에 맞춰 자주 이사를 다녔다. 더 좋을 것도 나쁠 것도 없는 방들이었다. 그러다 최근, 두 사람이 적금을 모아 좀 더 넓은 집으로 이사를 결심하게 되었을 때—그들은 온종일 흥분한 채 방을 구하러 다녔다. 그러나 그들은 방을 보러 다닌 지 반나절 만에 풀이 죽고 말았다. 사내는 전봇대에서 떼어낸 여러 장의 월세 '찌라시'를 만지작거리며 동생에게

said, "You should have Internet access at home even if it means going hungry once in a while." He always had access to the Internet in his apartment even when he lived in a hole in the wall. He shared that hole in the wall with his sister, and there was literally just enough space for the two of them to lie down. The most expensive thing in the room, which also happened to take up the most space, was his beat-up computer with a fishbowl monitor and a gigantic system unit. The computer stuck out like a sore thumb and made an incredibly loud noise from the second it was turned on. Every night his sister came home from work at the bar she found him hunched over in front of his computer. She frequently lost sleep because of his marathon Internet surfing sessions that lasted until dawn, but she didn't complain. The roaring of the computer was the sound of her brother turning a generator with one arm to live "like other people do."

For years, they moved frequently from one apartment to another in the same price range. Each room was no better or worse than the previous one. Recently, however, they had decided to move up to a different price range by saving aggressively.

부끄러운 듯 고백했다.

"난 있잖아. 천만 원이면 인생이 크게 달라지는 줄 알았어."

동생은 피식 웃으며 말했다.

"나도."

바람이 불자 전봇대에 붙은 전단지들이 일제히 팔랑거렸다. 방 있습니다. 전/월세. 풀 옵션. 바람에 나부끼는 전화번호들. 주인 없는 숫자들이 도시 위로 풀씨처럼 날아갔다. 동생은 꽤 비싼 가격이 적혀 있는 전단지를 내밀며 장난치듯 말했다.

"우리 이 집 한번 가볼까? 계약 안 한다고 생각하고, 그냥 이 정도 가격의 집은 어떤지 구경해보자."

그들은 그날 돌아본 방 중 가장 비싼 방을 보러 갔다. 정말 참고나 할 생각이었다. 하지만 문을 열고 햇빛이 쏟아지는 탁 트인 원룸 안에 발을 디딘 순간, 두 사람은 자신들도 모르게 깨닫고 말았다. 자신들이 살고 싶던 방은, 원래 이런 곳이었다고. 그들은 결국 그 집으로 이사를 했다. 월세 부담이 컸지만 한 번쯤 '무리'라는 걸 모른 척하며 살아보고 싶었다. 그것이 영화관이나 놀이공원에서처럼 잠깐 동안 돈을 주고 살 수 있는 환상이

The day they went apartment hunting, they were bursting with excitement that dissipated within a few hours. He fiddled with the flyers he found on electric posts, and bashfully confessed, "You know what? I thought life would become so much better if I had ten million *won*."

His sister smiled, "I did, too."

The wind blew, making all the flyers on electric posts rise up and flap in unison. ROOMS FOR RENT. FULLY FURNISHED. Phone numbers danced in the wind. Numbers without owners flew over the city like dandelion seeds. His sister showed him a flyer for a pricey apartment and said, half-jokingly, "You want to check out this apartment? Just for fun. We won't sign anything. Let's see what an apartment in this price range looks like."

So they went to look at the most expensive apartment they'd seen all day. They only wanted to see what it looked like. However, the second they stepped into the spacious room inundated with sunlight, they realized without meaning to that they were looking at the apartment they'd always wanted to live in. They signed the lease and moved in. The rent was steep, but they wanted for once in their lives to simply ignore the fact that something

라 하더라도, 이제 분수껏 사는 일은 지겨워져 버렸다고 떼를 쓰고 싶었는지도 몰랐다. 사내는 이사 후 한 달 동안 동생과 새집의 장점에 대해 말하며 시간을 보냈다. 신발장이 따로 있으니 번잡하지 않아 좋다. 욕실 바닥이 아가씨 얼굴처럼 참 깨끗하다. 가스레인지 위에 환풍기도 있네. 사내는 이 방에서 사는 날도 얼마 남지 않았다는 것을 알고 있다. 내년에 동생이 결혼하면 보증금을 나눠줄 생각이다. 사내는 다시 몇 년 전의 방으로 돌아가야 할지 모른다. 동생과의 크리스마스도 올해가 마지막일 것이다. 사내는 개수대에 빈 그릇을 담은 뒤 모처럼 방에서 담배를 피운다. 동생은 분명 '옷에 냄새가 배었다'며 신경질을 낼 것이다. 사내는 담배를 입에 문 채 컴퓨터 전원을 켠다. 창밖에는 눈이 내리고 티브이 브라운관에선 몇 년째 성장하지 못한 '맥컬리 컬킨'이 홀로 비명을 지르고 있다. 사내는 티브이를 끄며 중얼거린다. 그가 소리 지르는 이유는 도둑 때문이 아니라 몇 년째 똑같이 맞는 크리스마스가 지겹기 때문일지도 모른다고. 컴퓨터가 앓는 소리를 내며 느리게 부팅된다. '좀 사는 것같이 살기 위해' 사내는 주먹으로 마우스를 쥔다.

was more than they could afford. Even if the illusion that they could afford to live in such a nice apartment was fleeting—like an experience to be enjoyed for a few hours at an amusement park—they had grown sick and tired of sticking to what was considered appropriate for their kind. For a month after they moved into the nice apartment, the two siblings devoted all of their conversations to discussing its beauty: "The shoe closet prevents clutter around the door! The bathroom floor is as clean as a lady's face! There's a vent above the stove!"

The man knows that it won't be long before he'll have to move out of this apartment. If his sister marries next year, he plans on moving out and giving her half the key deposit. He might have to move back to the kind of room he lived in several years ago. This might be his last Christmas with his sister. He puts the ramen bowl in the sink and smokes in the room for the first time in a while. His sister will probably yell at him for making her clothes smell like an ashtray. He turns on the computer with the cigarette between his lips. It's snowing outside. Macaulay Culkin, who has remained a small boy for the last several Christmases, screams

*

눈은 땅에 닿자마자 더러워진다. 골목에는 쓰레기봉투가 선물 보따리처럼 모여 있다. 자동차 헤드라이트 불빛은 도로를 헤매며 어슴푸레 빛났다. 남자는 모텔 'LOVE'에서도 방을 구하지 못했다. 그곳엔 방이 딱 한 개 남아 있었다. 그 방은 하루 30만 원이 넘는 25평형 파티 룸이었다. 모텔 직원은 친절하게 컴퓨터 모니터를 클릭하며 방 안에 있는 복층 계단과 칵테일 바, LCD 모니터가 달린 대형 티브이를 보여주었다. 남자는 쓰러질 듯 자신의 팔을 붙잡고 있는 여자를 보며 잠시 고민했다. 지금껏 두 사람이 그만한 가격의 방에 머무른 적은 없었다. 더구나 그들이 머물 시간은 네 시간도 안 되었다. 다음 날 남자는 아홉 시까지 회사에 나가야 했다. 잠시 눈만 붙이기에 파티 룸의 가전제품과 기구는 쓸데없어 보였다. 신혼집이다 생각하고 소꿉놀이 하는 기분으로 묵을 수도 있지만, 30만 원은 남자의 한 달 월세와 맞먹는 돈이었다. 다행히 여자가 먼저 남자의 팔을 끌어당겼다. 남자는 직원에게 미안하다고 한 뒤 모텔을 나왔고, 나오자마자 자신이 왜 미안하다고 했는지 후회

on TV. The man turns off the TV and mumbles to himself, "The reason he's screaming is not the thieves, but the tedium of the same Christmas repeating itself over and over." The computer makes a guttural sound as it boots very slowly. "To live like other people do" the man clutches the mouse in his fist.

*

The snow gets dirty as soon as it hits the ground. Trash bags are piled up in the alleys like Christmas presents. A car's headlights shine dimly as it wanders down the street. They couldn't find a room at the LOVE motel either. There was only one room left—a 890-square-foot party suite that cost over 300,000 *won* per night. The receptionist kindly went over various features—loft, cocktail bar, a giant TV screen—of the room. The man thought it over while the woman clung to his arm, just about ready to collapse. They had never stayed in a room that expensive before, and only needed it for about four hours since he had to be at work by nine the next day. There was no need for all those electronic gadgets and furniture. They were just going

했다. 그것도 습관이라고. 남자는 자동차의 시동을 켠 뒤 주차장을 빠져나왔다.

차는 벌써 신길을 지나 구로공단 근처까지 내려왔다. 남자의 눈은 붉게 충혈돼 있었다. 여자는 모텔이 아니어도 좋으니 여관에라도 들어가자고 했다. 남자는 구로공단 주택가 골목에 차를 세운 뒤 "그럼 여기서 찾아보자"고 했다. 골목 사이로 몇 개의 여인숙 간판이 보였다. 조그마한 입간판 위로 '벌' '장미' '수도' 등의 글자가 새겨져 있었다. 남자가 조심스럽게 물었다.

"여인숙에라도 들어갈까?"

여자가 무심하게 대꾸했다.

"여인숙? 거긴 여관보다 후지잖아."

남자가 물었다.

"그건 또 어떻게 알아?"

농담이란 걸 알면서도 여자는 기분이 상했다. 하지만 싸울 기력이 남아 있지 않았다. 남자는 골목 끝에 있는 여인숙을 향해 걸음을 옮겼다. 민박집 분위기가 나는 허름한 건물이었다. 입구 앞에 '장기 방 있음'이란 종이가 붙어 있었다. 남자가 먼저 여인숙 입구로 들어갔다.

to sleep. They could have stayed the night in the party suite and played house, but 300,000 *won* was close to his monthly rent. Fortunately for him, the woman tugged at his arm and turned to leave before he could make a decision. He apologized to the receptionist and then wondered why he'd apologized. Apologizing had become a habit. He turned on the ignition and pulled out of the parking lot.

The car passed through Singil and was already approaching the Guro Industrial Complex. His eyes were bloodshot. She said she didn't care if they had to sleep at an inn instead of a motel. He parked his car in a residential area in the Guro Industrial Complex and said, "Let's see what's around here." Signs bearing the names of boardinghouses such as "Bee," "Rose," or "Capital City" cluttered the alley.

"Should we find ourselves a boardinghouse if we can't find an inn?" he asked, weighing his words.

The woman shot back, "Boardinghouse? Aren't they worse than inns?"

"How do you know this?"

He annoyed her, although she knew it was meant

밤새 폭설이라도 내리면 무너져버릴 것 같은 모양이었다. 남자가 카운터 앞 작은 유리문을 두드렸다. 복권 판매소처럼 생긴 카운터 안에서 자다 깬 주인이 부스스한 차림으로 일어섰다. 여자는 '왜 여관 주인들은 다 비슷하게 생겼을까' 생각했다. 주인 여자는 두 사람의 입성을 보고 의아한 듯 말했다.

"대목이라 좀 비싼데."

여자는 긴장했다. '이 사람, 크리스마스라고 바가지를 씌우려는 모양이다.'

"얼만데요?"

"이만 오천 원."

여자는 더 불안해졌다. 비싼 게 그 정도면 평소에는 얼마짜리 방인지 알 수 없었다. 남자가 신용카드를 내밀었다.

"여기 카드는 안 되는데."

"지금 현금이 없는데 어떻게 안 될까요?"

주인 여자는 불쑥 상체를 내밀더니 두 사람의 어깨 너머로 소리쳤다.

"아니, 또! 왜 사람을 들이고 그래?"

여자와 남자가 고개를 돌렸다. 현관 앞에 엉거주춤 서

to be a joke. She had no energy left to start a fight. He headed for a boardinghouse at the end of the alley. It was a run-down building with a sign that said "ROOMS AVAILABLE FOR LONG-TERM STAY" posted on the door. He walked into the building first. It seemed like the place might be leveled by morning if it snowed heavily through the night. He knocked on a small glass window at the counter. The owner appeared, apparently half asleep, from inside a booth that looked like a lottery ticket kiosk. The woman thought, 'Why do all innkeepers look the same?' The owner lady seemed a little surprised to see the couple.

"Today's a peak day. It'll cost you."

The woman braced herself, thinking 'This woman's going to use Christmas as an excuse to scam us."

"How much?"

"25,000 *won*."

The woman became even more agitated. If 25,000 is the peak day rate, what's the regular rate? The man pushed his credit card toward the lady.

"No plastic."

"I don't have any cash on me. Could you perhaps make an exception?"

The lady stuck her upper body out the tiny win-

있는 청년 두 명이 보였다. 주인 여자의 고함에 놀라 멈춰 선 모양이었다. 생김새로 봐서 얼핏 동남아시아 쪽 사람들 같았다. 한 사람은 배낭을 멨고, 다른 한 사람은 맥주병이 든 검은 비닐봉지를 들고 있었다. 주인 여자가 언성을 높였다.

"아니, 그 방에서 대체 몇 명이 살려고 그래? 내가 네 명 이상은 절대 안 된다고 몇 번이나 말했어? 신발 숨기고 비슷비슷하게들 생겼으니까 모를 줄 아나 본데, 돈을 더 내든가. 재는 또 어디서 데려온 거야?"

청년들은 눈을 둥그렇게 뜨고 주인 여자의 말을 경청했다. 검은 봉지를 든 청년이 난처한 표정을 짓자, 배낭을 멘 청년이 커다란 목소리로 더듬더듬 말대꾸를 했다.

"나 안 자러 왔어요. 여기 친구 만나러 왔어요. 이거 술 먹고 가요. 나 집 있어요. 나 진짜 안 자고 가요. 사실로 안 자."

주인 여자가 말했다.

"안 자긴 뭘 안 자? 안 자면 또, 뭐? 사람 하나 늘면 그게 다 물세고 똥센데."

봉지를 든 청년이 대꾸했다.

"내 친구 이것만 먹구 갈습니다. 집 가졌습니다."

dow and yelled at someone behind them.

"What's this, more people?!"

The man and woman turned to see two men standing by the front door. They'd frozen at the lady's outburst. They appeared to be Southeast Asian. One was carrying a backpack and the other had a black plastic bag containing a bottle of beer.

"How many people are you going to hide in your room?" the woman raised her voice. "How many times do I have to tell you? No more than four people! You think I don't know what you're up to? You think you can sneak people in and hide their shoes because you people all look the same? Pay up if you're going to bring more people! And where'd you find this one?"

Wide-eyed, the two men listened to the woman rant. The man with the plastic bag gave his friend a guilty look, and the backpack guy replied haltingly but loudly.

"I came to not sleep. I came to meet friend. I drink this beer and go. I have house. I really don't sleep. In truth don't sleep."

"Like hell, you don't," said the lady. "And what if you don't sleep over? You're going to take a shit and use water!"

"술은 무슨 술. 가만 보면 여기 와서 술, 담배 하는 애들치고 돈 모아서 나가는 애들 못……"

여자가 서둘러 현금을 내밀었다. 그 자리를 빨리 벗어나고 싶은 마음에서였다.

"여기요."

주인 여자가 지폐를 확인했다. 두 외국인 청년은 도망치듯 방으로 들어갔다. 주인 여자가 소리쳤다.

"내 이따 가볼 거야!"

남자와 여자는 어색하게 서 있었다. 주인 여자가 풀린 파마머리를 긁으며 말했다.

"아유, 미안해. 마침 침대 방이 하나 있어. 내 그 방으로 줄게."

주인 여자가 수건과 주전자를 들고 두 사람을 안내했다. 페인트칠이 벗겨진 나무 문 앞이었다. 호수도 없고 열쇠도 없었다. 방문 사이로 누런 벽지가 보였다. 여자가 물었다.

"신발 어디다 놔요?"

주인 여자가 방 한구석에 놓인 라면 상자를 가리켰다. 여자가 당황하는 사이 남자는 피곤한 듯 방으로 들어갔다. 여자는 엉거주춤 신발을 들여 놓으며 방문을 잠갔

The plastic bag guy chimed in, "My friend eat this and go. He have house."

"Beer! I've never seen drinkers and smokers save up and leave..."

"Here you go," the woman quickly handed her the cash. She wanted to flee that scene as soon as possible.

The lady counted the money, and the two foreign men hurried down the hall into a room.

"I'm going to check on you later!" shouted the lady.

The man and woman stood there awkwardly.

"Gee, I'm sorry," said the lady, scratching her wavy, bobbed hair in need of a fresh perm. "I have a room with a bed. I'll give you that one."

The lady picked up a towel and a kettle and led them down the hall to a wooden door with paint peeling off. There was no room number and no key. The door opened to reveal walls with yellowing wallpaper.

"Where do we put our shoes?" asked the woman.

The owner lady pointed at a ramen box in the corner near the door. While the woman stood dumbfounded, the exhausted man walked right into the room. The woman picked up her shoes,

다. 여자는 문고리를 잡고 긴 한숨을 쉬었다. 방 안에는 티브이도 냉장고도 없었다. 남자는 낡은 침대 위로 털썩 드러누웠다. 침대 스프링에서 삐걱—소리가 났다. 남자가 말했다.

"이만하면 괜찮네."

여자가 불안한 눈으로 침구를 훑어봤다. 누렇게 얼룩진 이불 위로 낯선 이의 음모와 머리카락이 꿈틀대고 있었다. 여자는 조심스럽게 화장실 문을 열어보았다. 욕실 가득 비릿한 냄새가 풍겼다. 타일이 깨진 바닥 위로 녹슨 세면대가 한쪽 발을 잃은 패잔병처럼 기우뚱 서 있었다. 녹물이 흐르는 세면대 위엔 머리카락이 뭉쳐져 있었다. 여자는 욕실 문을 닫고 질문하듯 남자를 바라봤다. 남자는 극도로 피곤함에도 불구하고 아직 '하고 싶어 하는' 눈치였다. 여자는 도저히 그 이불을 덮을 수 없을 것 같았다. 남자는 여자의 시선을 피하다 나무문 위로 구멍이 나 있는 것을 발견했다. 구멍 사이엔 신문지 뭉치가 끼워져 있었다. 남자가 여자의 눈치를 살폈다. 여자는 코트 자락을 쥔 채 방문 앞에 서 있었다. 남자가 걱정스럽게 물었다.

"왜? 싫어? 못 자겠어?"

reluctantly put them inside the room, and locked the door behind her. Her fingers still gripping the doorknob tightly, she let out a deep sigh. There was no TV or fridge in the room. The bedsprings groaned when the man collapsed on the old bed.

"This isn't so bad," he said.

She wearily scanned the bedding, which was stained yellow. Someone's pubic hair and regular hair wove in and out of the fabric. She carefully checked out the bathroom. The stench of urine pricked her nose. Several tiles were missing from the floor. Rusty tap water had added a patina of maroon to the basin that stood to the side like a one-legged prisoner of war, and the drain was clogged with hair. She closed the bathroom door and gave the man an inquisitive look. Despite his unbearable fatigue, he still seemed to want to do it. The woman knew she would not be able to bring herself to get under those covers. Avoiding eye contact with her, he looked at a hole in the wall plugged with a wad of newspaper. She stood by the door, still holding her coat. He asked, concerned, "Why? You don't like it? Can't sleep here?"

She said it was okay. She told him he should get some sleep so he could work tomorrow. "I'll sleep

여자는 괜찮다고, 내일 출근해야 하니 먼저 자라고 말했다. 자긴 여기서 자겠다고. 여자는 한쪽 구석에 웅크려 앉았다. 코트를 덮고 앉아서 잘 생각이었다. 남자는 뭔가 생각하더니 이불을 걷고 일어나 다정하게 물었다.

"나갈까?"

여자는 울 것 같은 표정으로 고개를 끄덕였다. 두 사람은 다시 상자에서 신발을 꺼낸 뒤 방문을 나섰다. 남자가 문을 열자, 뭔가 쿵 부딪히는 소리가 들렸다. 앳된 곱슬머리 청년이 놀란 눈으로 남자를 바라보고 있었다. 여자가 '악' 하고 짧은 비명을 질렀다. 곱슬머리 청년은 외다리였다. 청년은 목발을 쥔 채 커다란 배낭을 메고 있었다. 헐렁한 바지 끝이 둥글게 매듭지어져 있었다. 조금 전 여인숙 안으로 몰래 들어온 눈치였다. 청년의 머리 위엔 이상하게 산타 모자가 씌워져 있었다. 그것은 유난히 빨갰고 도드라져 보였다. 청년의 구릿빛 얼굴에 당황하는 빛이 역력했다. 청년은 두 사람에게 성큼 다가왔다. 여자와 남자가 뒤로 물러섰다. 청년이 소주병이 든 봉지를 흔들며 말했다.

"나, 친구 만나요. 이거 먹고 갈습니다. 나 안 자요."

남자가 여자의 어깨를 감싸 안았다. 시간은 어느새 5

here," she said, and sat curled up against the floor. She pulled her coat over herself.

The man thought for a while, got out of bed, and asked warmly, "Shall we leave?"

On the brink of tears, she nodded. The two pulled their shoes out of the ramen box and headed out the door. Something hit the door with a loud bang when he opened it to leave. A youngish man with curly hair was looking him, stunned. The woman let out a short cry. The young man with curly hair was missing a leg. He had a huge bag slung over one shoulder and a crutch on the other side. One leg of his baggy pants was tied in a knot. It appeared he had just snuck into the boardinghouse. Oddly enough, the young man had a Santa hat on his head. The red of the hat was uncannily vivid. His tanned face was full of panic. He took a big step toward the man and woman, prompting the two of them to jump back.

Waving a plastic bag containing a bottle of *soju*, the young man said, "I, meeting friend. I eat this and go. I not sleep."

The man wrapped his arms around the woman. It was past five in the morning, and snowflakes silently fell on the one-legged young man in the

시를 넘어가고, 산타 모자를 쓴 외다리 청년의 머리 위로 소리 없이 눈이 내리고 있었다.

*

사내의 얼굴 위로 모니터 불빛이 일렁거린다. 사내의 시간이 짤깍짤깍 마우스에 잘려나간다. 세계는 고요하고 얼굴을 맞댄 사내와 컴퓨터는 서로를 신뢰하는 연인처럼 다정해 보인다. 사내는 포털 사이트에서 연예 기사 몇 꼭지를 열람한다. 이런저런 사이트를 돌아다니고 누군가의 홈페이지에 안부를 남긴다. 그것도 싫증이 나자 하드에 저장해둔 동영상 폴더를 열어본다. 미국 드라마와 좋아하는 영화 몇 편, 포르노 동영상이 깔끔하게 정리돼 있다. 사내는 동영상 파일을 하나 클릭한다. 한두 번 본 뒤 지겨워져 버린, 그러나 못내 지우지 못한 포르노 한 편이 마법처럼 떠오른다. 사내는 덤덤하게 화면을 본다. 문득 '수음이라도 할까' 하는 생각이 든다. 꼭 하고 싶은 것은 아니지만 딱히 할 일이 없기도 하다. 그냥 그런 마음이 든다. 뭔가 익숙한 기분을 느낀 뒤 잠들고 싶은, 언젠가 그런 식으로 빠져드는 깊은 잠에 감

Santa hat.

*

The light from the monitor splashes against the man's face. Time is measured by intermittent mouse clicks and tossed away. The world is silent. He and the computer sit face to face like lovers in a trusting relationship. He enters a portal, clicks on a few "tags," scans through a tabloid, and leaves a message on someone's blog. Tired of surfing, he opens the video folder on his hard drive. American TV shows, a few of his favorite movies, and porn flicks are impeccably organized. He clicks on one of the videos. A porn film he'd gotten sick of after one or two viewings but couldn't bring himself to delete pops up like magic. He's uninspired as he stares at the monitor. "Should I jerk off?" It's not that he really wants to—he simply has nothing better to do. It just feels right. He wants to fall asleep to a familiar feeling. There was a time when he was grateful for the sound sleep that followed masturbation, although he knows that the body lies sometimes. The second he unzips, he hears someone at the door. He turns toward the sound. A key

사하던 때가 있었다. 때로 몸도 거짓말을 한다는 걸, 사내는 안다. 사내가 지퍼를 내리려는 순간 인기척이 들린다. 사내가 현관문을 바라본다. 열쇠 돌아가는 소리가 난다. 사내는 후다닥 지퍼를 올리며 컴퓨터 모니터를 끈다. 동생이 창백한 얼굴로 서 있다. 사내는 태연한 척 어색하게 말을 건넨다.

"왜 벌써 와?"

동생은 대꾸하지 않고 눈에 젖은 부츠를 벗어 던진다.

"나 이불 좀 펴줘."

"싸웠어?"

"아니."

동생은 가방을 집어 던진 후 티셔츠와 반바지를 들고 욕실에 들어간다. 사내는 방을 훔치고 두툼한 겨울 요 두 채를 방바닥에 깐다. 이불 사이의 간격은 조금 떨어져 있다. 동생은 옷만 갈아입고 욕실에서 나온 뒤 요 위로 쓰러진다.

"자게?"

"응, 불 끄면 안 돼?"

사내는 현관문을 점검하고 보일러 온도를 높인다. 그런 뒤 불을 끄고 자기도 이불 위에 눕는다. 사내가 동생

opens the lock. He zips up in a flash and turns off the monitor. His younger sister stands at the door, pale. He casually makes small talk.

"Back already?"

She pulls her feet out of her wet boots and throws them by the door without answering.

"Can you roll out the futon, please?"

"Did you have a fight?"

"No."

She throws her purse in a corner and walks into the bathroom holding a t-shirt and shorts. The man wipes the floor and spreads out two thick winter futons. There is a little bit of space between the two futons. She changes, comes out of the bathroom, and crumples up on the futon.

"Going to bed?"

"Yeah. Can you turn off the light?"

He makes sure the front door is locked, raises the temperature on the thermostat, turns off the light, and settles in as well. He rolls over to his sister and says, "What'd you do today?"

"Nothing. Dinner. Movie..." she replies with one hand over her forehead.

"What'd you have?"

"Pasta. Steak. Stuff like that."

을 향해 돌아누우며 말한다.

"오늘 뭐 했어?"

동생이 한 손으로 이마를 짚으며 답한다.

"그냥 밥 먹고, 영화 보고……"

"뭐 먹었는데?"

"파스타랑 스테이크랑 뭐 그런 거."

"어디서?"

동생이 지친 목소리로 대꾸한다.

"그냥 종로에서."

사내는 눈을 끔뻑이다가 상기된 목소리로 말한다.

"아까 인터넷 뉴스 보니까 임정석이랑 박예리랑 사귄다더라, 웃기지 않냐?"

"응."

"오늘 엄마하고 통화했니?"

"응."

"신정 때 올 거냐고 하던데, 갈 거야?"

"응."

사내는 오늘 하루, 자신이 겪은 시시한 일들에 대해 도란도란 속삭이기 시작한다. 동생은 눈꺼풀을 천천히 열었다, 닫았다 하며 사내의 말을 듣는다. 이달 세금과

"Where?"

"Somewhere in Jongno," she replies, exhausted.

He blinks in the dark for a while before exclaiming, "I read on the Internet that Lim Jeong-seok and Park Ye-ri are together! Isn't that funny?"

"Yeah."

"Did you talk to mom today?"

"Yeah."

"She asked if you were coming on New Year's. Are you going?"

"Yeah."

He begins to relate all the mundane little details of his day to his sister who slowly opens and shuts her eyes as she listens. This month's taxes, the injury of a baseball player, his friend's new son, the divorce of someone he went to school with. She doesn't appear to be all that interested in whether her brother should give his friend 50,000 *won* or 100,000 *won* for his wedding. He's enthusiastic for some reason. His sister would like to melt into the warm floor. A while later, he stares up at the ceiling with twinkling eyes and says, "You know, when we were young..."

"Yeah."

"We used to get presents on Christmas."

야구 선수의 부상, 친구의 득남과 선배의 이혼에 대해, 축의금으로 5만 원을 내야 할지 10만 원을 내야 할지 모르겠다는 오빠의 고민에 대해 동생은 별로 관심이 없어 보인다. 사내는 왠지 신이 나 있다. 동생은 따끈한 방바닥 아래로 푹 녹아들고 싶은 기분이다. 한참 후 사내가 말똥말똥한 눈으로 천장을 바라보며 말한다.

"어릴 때 말이야."

"……응."

"크리스마스가 되면 선물 받고 그랬잖아."

"……응."

"그런데 난 참 이상했어."

동생이 등을 돌리며 졸음에 겨운 목소리로 묻는다.

"뭐가?"

사내는 추억에 잠긴 목소리로 말한다.

"그게, 티브이나 영화에서 보면 크리스마스 선물이 되게 예쁘게 포장돼 있었잖아. 그것도 꼭 장식된 전나무 밑에 놓여 있고, 거기 나오는 선물들은 전부 커다랗고 근사한 박스 안에 들어 있었잖아. 정말 산타가 준 선물 같이."

동생이 점점 흐려지는 목소리로 대답한다.

"Yeah."

"There was something really strange about them, though."

She barely manages to squeeze out a response.

"What?"

His voice turns wistful.

"The Christmas presents on TV or in movies were always wrapped so prettily, and they were always under a Christmas tree. The presents were all in nice, large boxes. Like they were really from Santa."

"Hmm," the sister begins to drop off.

"I always thought it was strange that Santa brought us presents in black plastic bags instead of stockings."

She's quiet.

"Didn't you?"

She doesn't respond.

He turns to look at his sister. She's sleeping so quietly that it looks like she's dead. He lies facing up without a word. He pokes her and says, "You should wash off your makeup before you sleep."

Snow has turned into sleety rain. The yellow light of the lamppost in front of the building is dripping like candle wax. He opens his phone and checks the time. It's December 25. December 25 spreads a

"……응."

"근데 우리 머리 위에 있던 선물은 왜 항상 까만 봉다리 속에 들어 있나, 나는 그게 참 이상했었어."

"……"

"넌 안 그랬니?

"……"

사내가 고개 돌려 동생을 바라본다. 소리 없이 잠든 모양이 꼭 죽은 것 같다. 사내는 말없이 누워 있다. 손가락으로 동생을 툭 건드리며 한마디 한다.

"야, 화장 지우고 자."

밤새 내린 눈이 어느새 추적추적 비로 변해 있다. 집 앞 가로등의 노란 불빛도 빗물과 함께 촛농처럼 뚝뚝 흘러내린다. 사내는 휴대 전화를 열어 시간을 확인한다. 12월 25일이다. 사내의 얼굴 위로 12월 25일이 푸르게 먹지며 번졌다 사라진다. 사내가 휴대 전화 폴더를 닫자 사방이 다시 어두워진다. 사내는 문득 안도감을 느낀다. 새벽의 어둠은 맑게 묽어져 가고, 사내는 잠을 청하려 두 눈을 감는다.

『침이 고인다』, 문학과지성사, 2007

green light over his face and disappears. He folds the phone, and darkness takes over the room once again. He feels relieved. The darkness of early morning is gradually watered down to a clear light, and he closes his eyes to go to sleep.

1) 1,000 *won* is approximately 1 USD.
2) *Soju*, the most widely consumed hard liquor in Korea.
3) *budaechigae*, spam broth soup. The main ingredients include sausages, spam, and kimchi.

Translated by Jamie Chang

해설

Afterword

88만 원 세대의 사랑

정혜경 (문학평론가)

'X세대, N세대, 386세대' 등은 세대를 달리하면서 나타나는 청년들의 새로움을 시사했다. 사람들은 이 신조어를 통해 동시대 변화의 방향을 즐겨 감지하곤 했다. 2000년대 들어 유례없이 돈으로 환산된 '88만 원 세대'라는 명명이 출현했을 때 사람들은 크게 공감하였다. 그러나 그 공감에는 유독 불안이 짙게 스며 있었다. "비정규직으로 일하는 20대의 한 달 임금"을 상징하는 88만 원은 '젊은 세대' 혹은 '청년'이라는 기대감에 찬 단어와 어울리면서 비참을 더했던 것이다.

젊은 작가 김애란은 이러한 자기 세대 청년들의 이야기를 주로 다루어왔다. 그녀의 인물들은 대개 아버지가

The Love of the "Generation 880-Thousand-*Won*"

Jeong Hye-gyeong (literary critic)

The phrases "Generation X," "Generation N," and "Generation 386" denote the novel traits of each emerging generation. People define the direction of change in their times through these newly-coined expressions. The appearance of the term, "Generation 880-thousand-*won*" in the early 2000s, one that unprecedentedly put a price tag on a generation, was met with immense sympathy, one uniquely steeped in deep anxiety. "Generation 880-thousand-*won*," a term inspired by the average monthly wage of a twenty-something temp worker, had a demoralizing ring to it as it stood for a young generation and all the hopes it typically em-

부재하거나 무력했고, 반지하 원룸에서 겨우 살았다. 그러나 "자신을 연민하지 않는 법"이라는 유산을 물려준 어머니 덕분에, 그리고 '우주적 상상'이라는 자신만의 방법으로 그 압도적인 결핍을 당당히 견뎌내곤 했다. '나의 상상' 속에서 지구 곳곳을 달리며 눈이 부셨을 아버지에게 마침내 선글라스를 씌워주고(「달려라, 아비」), "누군가의 순수한 허기를 수십 년간 감당"해온 어머니가 세상을 떠난 어둑한 부엌에서 "갑자기 참을 수 없는 식욕"을 느끼며 사과 한 알을 베어 먹는(「칼자국」) '나'의 환한 장면들은 김애란의 문학적 개성을 잘 보여준다.

「성탄특선」은 십여 년 서울살이를 하며 많은 방을 옮겨 다녀야 했던 남매의 각자 연애 이야기이다. 이 소설은 『달려라, 아비』의 세계를 지나 2000년대 고립된 현실의 비극성이 전경화된 최근 창작집 『비행운』으로 넘어가는 길목에 서 있다. 등단작 「노크하지 않는 집」에 이미 잠재해 있었던 사회적 조망이 「성탄특선」을 실은 두 번째 소설집 『침이 고인다』에서 서서히 모습을 드러내기 시작한 것이다. 성탄특선 영화가 대개 이름과는 다르게 "별로 특선된 것 같지 않"은 낡은 영화이듯, 다시 찾아온 성탄절은 청년 혹은 연인들의 기대를 배신한다.

bodied.

As a writer belonging to this generation, Kim Ae-ran has mainly written her stories about it. Most of her characters have absent or incompetent fathers, and scrape by in semi-basement studios. However, thanks to their mothers, who hand down the legacy of "how not to pity yourself" and through their own tactics associated with "cosmic imagination," they endure such overwhelming deficiency with dignity. In this "cosmic imagination," characters put sunglasses on their fathers blinded by sunlight from trotting all over the world ("Run, Pop!") and take a bite of an apple, standing in the dark kitchen of their dead mothers who "filled somebody's wholesome hunger for decades" and were suddenly overcome by unbearable hunger ("Knife Traces"). Kim's protagonists shine in these moments that testify to her literary character.

"Christmas Specials" is about the individual romantic lives of a brother and a sister who had to live in many different rooms during the ten or so years they lived in Seoul. This story, a departure from the world of "Run, Pop!" is a literary link between Kim's earlier works and her most recent short story collection, *Vapor Trails*, which features a

성탄절을 먹먹히 홀로 보내야 하는 오빠도, 함께 사랑을 나누고 싶은 연인이 옆에 있는 동생도, 우울하긴 마찬가지이다.

모든 문제는 '방'에서 비롯되었다. 그들에게 '방'은 '사랑'이고 '생존'이다. 연인과 오롯이 함께하고 싶은 욕망의 공간으로서 방은 사랑을 표상한다. 또한 방은 험한 세상으로부터 돌아와 평안히 몸을 누일 수 있는 최소한의 공간으로서 생존의 표상이다. 그런데 '88만 원 세대' 청년들에겐 그 두 가지가 모두 온전히 이루어지지 않는다. 난간도 없이 좁고 가파른 계단을 올라야 하는 옥탑방에서 그들은 늘 작은 기척에도 놀라며 초조하게 서로를 안아야 했고, 결국 그녀는 사라지듯 떠났다. 성탄절 새벽, '사내'는 가짜 아디다스 추리닝 차림에 담배 한 갑과 라면을 사들고서는 모두가 떠나버린 듯한 도시를 내려다본다.

이 시대의 사랑이 생존의 문제로 수렴되는 현상은 여동생의 에피소드에서 극적으로 목격된다. 역시 가난한 연인이었기에 세 번의 성탄절을 각자 외롭게 보냈던 여동생 커플은 이번에야말로 "온전한 크리스마스"를 보내려고 했다. 그들은 연인에게 어울리는 로맨틱 코미디

panoramic view of the tragedy of isolation in the 2000s. Her social view, already latent in her debut work, "The House People Don't Knock On," presented itself gradually in her second collection *Mouthwatering*, which contains "Christmas Specials." Because most of the Christmas TV specials are old movies that do not seem to have been specially selected, so Christmas once again betrays the expectation of youths or couples. It is a depressing day for the brother who has to numbly endure the solitude of Christmas and the sister who has a lover she wants to be with.

All their problems are derived from "the room." For them "the room" means love and survival. It is the symbol of love, of a space of desire where two lovers can achieve complete togetherness. The room is also a symbol of survival, an irreducible space where they can rest their weary limbs and seek refuge from the brutal world. However, the room offers the "Generation 880-thousand-*won*" neither love nor survival. In the rooftop room, which can be accessed only through a steep flight of makeshift stairs with no handrail, the brother and his girlfriend cannot help but be startled by the smallest stirring from outside and embrace each

영화를 보고, 이름도 낯선 메뉴들로 가득한 패밀리레스토랑에서 식사를 한 후, 버거운 가격의 고급 바에서 칵테일과 와인을 마시며 서로의 선물을 주고받았다. 이 모든 일정은 "보통의 기준" 혹은 "로망" "그러니까…… 남들처럼"이라는 '연애 매뉴얼'에 의한 것이었으며, 이는 사실 소비자본주의가 권하는 판타지에 지나지 않는다. 가난한 연인들에게서 그 판타지가 산산조각 나는 것은 시간문제일 뿐이다. 모텔을 찾아 여러 시간 동안 서울을 헤매던 끝에 그들은 결국 체념하듯 구로공단 근처 여인숙에 들어간다. "밤새 폭설이라도 내리면 무너져버릴 것 같은" 여인숙에서 그들이 마주친 것은 동남아시아에서 온 듯한 이주노동자들의 모습이었다. 이 장면은 가난한 젊은 연인들이 결코 인정하고 싶지 않았던 자신들의 현 위치를 확인하는 장면이며, 2000년대 청년의 삶이 추방의 위험에 내몰리는 국외자들의 현실과 다를 바 없다는 작가의 통찰력이 빛나는 부분이다. '88만 원 세대' 청년들에게 안타깝게도 '방'은 '불가능한 꿈'이라고 해야 할지도 모른다.

결국 그들의 성탄절은 '특선'에 대한 기대감을 철저히 배반하는 것이었지만, 작가 김애란의 시선은 작품에 작

other anxiously until one day she vanishes from his life. Before dawn on Christmas, the brother, in a knock-off Adidas sweat suit clutches a pack of cigarettes and instant ramen noodles and looks down at the completely deserted city.

A dramatic portrait of love in our time as mere existence is presented in the sister's story. The sister and her boyfriend, impoverished lovers, have had to spend three previous Christmases apart from each other, and they try to make up for it by making this year's Christmas a "decent one." They watch a romantic comedy befitting lovers and dine at a relatively upscale restaurant with unpronounceable menus. They drink cocktails and wine at a luxurious bar that overcharges them beyond their means, and exchange presents there. Their entire date follows the Manual of Romance to a tee, expressed in phrases like "general standards," "romance," or "like other people do," nothing but a fantasy encouraged by consumption-oriented capitalism. To the poor lovers, it is just a matter of time before such fantasies are shattered. After hours of driving around Seoul looking for a motel, they finally check into an inn near the Guro Industrial Complex as a last resort. What they encounter

은 온기를 흔적처럼 남기고 있다. 성탄절 새벽, 담배와 라면을 옆구리에 끼고 걷는 사내에게 "가로등 불빛을 받아, 만지면 따뜻할 것 같은 노란 눈"을 내리게 하고, 여관 주인의 괄시를 받으면서도 이주노동자들끼리의 조촐한 성탄절을 위해 검은 비닐봉지에 소주를 담아온 앳된 외다리 청년의 머리에 산타 모자를 씌우는 것이 인물을 보듬는 작가 김애란의 방식이다.

at this inn on the verge of collapse under the weight of heavy snow is the life of immigrant workers who appear to be from Southeast Asia. This is a scene that forces the poor young lovers to recognize their place in society and also highlights the author's insightful observation that the life of youth in the 2000s is no different from that of outsiders in danger of deportation. Pitifully enough, for the "Generation 880-thousand-*won*," the "room" might be just an "impossible dream."

Although any expectation of "special-ness" the characters may have had in anticipation of Christmas is entirely shattered, the gaze of the author Kim Ae-ran leaves traces of warmth in her work. Kim comforts her characters in small ways through the "yellow snow that seems warm to the touch" fluttering down on the man who wanders outside alone on Christmas Eve with cigarettes and instant ramen noodles tucked under his arm, the Santa's hat on a boyish one-legged man who, despite the cold reception of the inn owner, brings *soju* in a black plastic bag for a humble Christmas party with his immigrant worker friends.

비평의 목소리

Critical Acclaim

IMF 세대가 성인이 되어 가혹한 빈곤과 마주친 것이건, 지방 소도시 출신 젊은이가 상경하여 서울 문화의 높은 진입 장벽과 마주친 것이건, 아비가 없거나 어미가 없다는 가족의 결핍과 마주친 것이건 간에, 내가 그 마주침의 과정에서 어떤 외부적인 원인에 지배당하여 나를 작아지게 만드는 어떤 정념에 수동적으로 빠져들 때, 그 정념은 모두 슬픔이다. 슬퍼하는 자는 모두 노예다.

그래서 '명랑해져라'는 그녀 세대의 정언명령이다. 슬픔이라는 정념의 노예가 되지 않고 상처를 다스릴 줄 알아야 한다. (…) 김애란의 인물들은 IMF 현실, 서울 문화의 은근한 배타성, 가족의 결핍 등과 마주친다. 마

Whether it is those entering adulthood after a massive economic crisis and encountering extreme poverty, young people from rural towns facing the high socioeconomic barriers of Seoul culture, or children discovering a gaping hole created by the absence of their father or mother, when they passively succumb to pathos, one that dwarfs them in the face of things beyond their control, they feel sadness. All those who are sad are slaves.

This is why "Be cheerful" is the categorical imperative of her [Kim Ae-ran's] generation. One shouldn't be a slave of sorrow but learn to heal one's own wounds. [...] Kim Ae-ran's characters

주치는데, 상처를 받지 않을 만큼 강하지 못하고, 상처와 싸울 만큼 강하지도 못하다. 그녀들을 조력해줄 키다리 아저씨도 없다. 국가도, 이념도, 가족도 무력하다. 그녀들은 모두 고독한 개인의 안간힘으로 그 정념을 개관(槪觀)함으로써 이겨낸다. 그 마주침의 기록이 핍진하고 그 안간힘이 애틋하다. 우리가 그녀를 사랑하는 이유다.

신형철

김애란 소설의 문학적 성취는 동시대 젊은 세대의 사회문화적인 궁핍을 사실적으로 드러내면서 그 개인성의 균열과 심연을 탐사하고, 그 안에서 실존의 지리학과 우주적 공간을 발견하는 상상적 모험을 펼쳐 보인다는 데 있다. 그리하여 김애란의 방들은 방의 사회학에서 방의 지형학으로, 혹은 방의 기호학에서 방의 우주지리학으로 움직인다. 김애란의 방은 2000년대 문학의 한 주제인 작고 고립된 주체들의 몸이 거처하는 최소 공간이고, 그곳에서 꾸는 꿈들의 표지이다. 혹은 그 작은 주체들의 몸 그 자체이거나, 그 몸이 간직한 우주이다. 세상의 모든 몸들이 조금씩 상처 나 있는 것처럼, 그

encounter economic crisis, the unspoken exclusivity of the capital's culture, the absence of family, and so on. In these encounters, they are not strong enough to avoid being hurt or even to deal with their wounds. They have no rescuers looking out for them. Nothing helps—not the state, ideology, or family. They all survive by generalizing the pathos as strenuous efforts of lonely individuals. The record of these encounters is uncannily vivid, and the strenuous effort is touching. This is why we love her.

Shin Hyeong-cheol

The literary accomplishment of Kim Ae-ran's novels lies in her realistic portrayal of the sociocultural destitution of her generation while probing the cracks and abyss of their individuality and displaying imaginative adventures that allow for the discovery of existential geography and cosmic space. Thus, Kim Ae-ran's rooms shift their terrain from sociology to topology, or from semiology to cosmo-geography. Her room is a minimal space housing the bodies of small isolated subjects, a literary theme of the 2000s, and a beacon of the dreams born in that space—or the body of the

방들은 조금씩 아프다.

이광호

죽음에 대한 금기를 비틀어서 농담으로 삼을 수 있는 것. 김애란은 이런 방식으로 말하는 데 아주 능하다.『두근두근 내 인생』은 소설 전체가 이렇게 어른의 방식으로 죽음에 대해서 말한다. 이 소설에서 죽음을 직접적으로 다루지 않았다는 사실에 불만을 느낄 사람들이 많을 것이다.『두근두근 내 인생』의 성과는 죽음을 문학적으로 돌려 말하는 방식에 있기 때문에 이 불만은 어떤 의미에서는 칭찬이기도 하다.

직접적으로 말하지 않고 문학적으로 에두르는 게 어떤 성과를 낳는지는『두근두근 내 인생』의 마지막에 붙은 단편소설「두근두근 그 여름」을 읽으면 알 수 있다. 한아름은 죽음에 대해서 문학적으로 말하기 위해서 이야기가 진행되는 내내 이 단편소설을 썼다. 이 소설은 아들에게는 금기인 부모의 성행위를 문학적으로, 혹은 농담처럼 에둘러서 이야기로 만든 것이다. 농담은 어떻게 문학이 되는가? 이 짧지만 거대한 이야기는 이 질문에 대한 적절한 대답이다. 이 이야기는 탄생 설화, 혹은

small subjects or the universe the bodies hold. Because all the bodies in the world have small wounds, every room hurts a little.

Lee Gwang-ho

Kim Ae-ran's narrative excels at tweaking the taboo of death and turning it into humor. The novel *Pit-a-pat My Life* is in its entirety an adult, mature discussion of death. Some may complain that she does not handle death directly in the novel. Since the accomplishment of the novel is its indirect, literary allusion to death, that complaint is also a compliment.

The short story "Pit-a-pat Summer," the epilogue of *Pit-a-pat My Life*, demonstrates the excellent effect of Kim's literary subtlety. To discuss death in a literary way, Han A-reum writes this short story throughout the course of the plot. This story is a narrative about the sexual act of parents, a taboo subject for any son, described in a literary manner or a subtle joke. How do jokes become literature? This short but gigantic story is the answer to the question. This story is close to a fable or creation myth. Kim Ae-ran takes what those of us who use language economically would have summed up as

신화에 가깝다. 언어를 경제적으로 사용하는 사람이라면 '십대의 불장난'으로 잘라서 말할 법한 행위를 김애란은 이렇게 이야기로 만든다.

김연수

"the mad affair of love-crazed teens" and weaves it into a story.

Kim Yeon-su

김애란

작가 김애란은 1980년 인천에서 태어나 서산에서 자랐다. 국수집을 하며 딸들을 키워낸 어머니의 농담은 어려운 상황에 닥쳐서도 김애란을 안심하게 하는 힘이었다고 작가는 기억한다. 한국예술종합학교 연극원 극작과에 입학했고, 글 쓰는 딸을 위해 어머니가 데려간 컴퓨터 가게에서 김애란은 "가장 21세기 같다"는 이유로 쇳덩어리 같은 메탈컴퓨터를 선택했지만 자취방에서 인터넷을 연결하지 않은 채 글을 썼다. 2002년 제1회 대산대학문학상에 단편소설 「노크하지 않는 집」이 당선되어 문단에 나왔고, 도시 변두리 삶에 대한 통찰력을 보여준 등단작은 단번에 주목을 받았다.

압도적인 현실 앞에서 농담과 상상의 힘을 보여준 「달려라, 아비」는 2005년 한국일보문학상 최연소 수상을 기록하면서 김애란의 출세작이 되었다. 이후 「칼자국」은 2008년 제9회 이효석문학상을, 「침이 고인다」는 2009년 제27회 신동엽창작상, 「너의 여름은 어떠니」는 2010년 제4회 김유정문학상, 「물 속 골리앗」은 2011년

Kim Ae-ran

Kim Ae-ran was born in Incheon and grew up in Seosan. Kim recalls that the humor of her mother, who raised her daughters by running a noodle house, was what calmed Kim during times of anxiety. When Kim was admitted to the department of playwriting at the Korea National University of Arts and her mother took her writer daughter to a computer store, Kim chose a computer that looked like a hunk of metal for the sole reason that it had "the most twenty-first-century-like" feel to it. Kim Ae-ran wrote in her room at the boardinghouse, on her twenty-first century computer without the Internet. She debuted as a writer when her short story "The House People Don't Knock On," won her the 1st Daesan College Literary Award in 2002, and this debut work instantly drew critical attention as an insightful view of life on the outskirts of the city.

"Run, Pop!" which shows the power of jokes and imagination in the face of overwhelming reality, made her the youngest winner of the *Hankook Ilbo*

제2회 젊은 작가상 대상을 수상하는 등 김애란은 각종 문학상을 수상하면서 2000년대 소설의 중요한 특징을 형성해 가고 있다.

조로증에 걸린 열일곱 살 소년의 이야기인 첫 장편소설 『두근두근 내 인생』은 단행본 출간 후 독자들의 사랑을 받으면서 베스트셀러에 올랐다. 최근에는 작가가 신빈곤층이라 할 만한 20~30대의 가혹한 현실을 좀 더 주목하면서 『비행운』에 실린 소설들은 비극성이 강화되는 한편 작가 김애란만의 개성적인 스타일과 사회학적 상상력이 어우러지는 과정을 적실히 보여주고 있다.

Literary Award and made her career. Her winning streak continues today as she sets the tone for Korean novels in the 2000s: she won the 9th Yi Hyoseok Literary Award with "Knife Traces," the 27th Shin Dong-yeop Creative Writing Award in 2009 with "Mouthwatering," the 4th Kim Yu-jeong Literary Award in 2010 with "How Is Your Summer?" and the Grand Prix of the 2nd Young Writer's Award with "Goliath Underwater."

Although it was so hard for the writer to write *Pit-a-pat My Life*, her first novel dealing with a seventeen-year-old boy suffering from progeria, it was published to enthusiastic popular acclaim and made the bestseller list. Reflecting the author's recently intensified interest in the harsh realities of those in their twenties and thirties, an emerging impoverished class, the stories in *Vapor Trails,* more tragic than her previous work, demonstrate Kim's consummate ability to weld her uniquely characteristic style in the service of her sociological imagination.

번역 **제이미 챙** Translated by Jamie Chang

김애란 단편집 『침이 고인다』 번역으로 한국문학번역원 번역지원금을 받아 번역 활동을 시작했다. 구병모 장편소설 『위저드 베이커리』 번역으로 코리아 타임즈 현대문학번역 장려상을 수상했다.

Jamie Chang has translated Kim Ae-ran's ***Mouthwatering*** and Koo Byung-mo's ***The Wizard Bakery*** on KLTI translation grants, and received the Modern Korean Literature Translation Commendation Prize in 2010. She received her master's degree in Regional Studies—East Asia from Harvard in 2011.

감수 **전승희** Edited by Jeon Seung-hee

전승희는 서울대학교와 하버드대학교에서 영문학과 비교문학으로 박사 학위를 받았으며, 현재 하버드대학교 한국학 연구소의 연구원으로 재직하며 아시아 문예 계간지 《ASIA》 편집위원으로 활동 중이다. 현대 한국문학 및 세계문학을 다룬 논문을 다수 발표했으며, 바흐친의 『장편소설과 민중언어』, 제인 오스틴의 『오만과 편견』 등을 공역했다. 1988년 한국여성연구소의 창립과 《여성과 사회》의 창간에 참여했고, 2002년부터 보스턴 지역 피학대 여성을 위한 단체인 '트랜지션하우스' 운영에 참여해 왔다. 2006년 하버드대학교 한국학 연구소에서 '한국 현대사와 기억'을 주제로 한 워크숍을 주관했다.

Jeon Seung-hee is a member of the Editorial Board of ***ASIA***, and a Fellow at the Korea Institute, Harvard University. She received a Ph.D. in English Literature from Seoul National University and a Ph.D. in Comparative Literature from Harvard University. She has presented and published numerous papers on modern Korean and world literature. She is also a co-translator of Mikhail Bakhtin's ***Novel and the People's Culture*** and Jane Austen's ***Pride and Prejudice***. She is a founding member of the Korean Women's Studies Institute and of the biannual Women's Studies' journal ***Women and Society*** (1988), and she has been working at 'Transition House,' the first and oldest shelter for battered women in New England. She organized a workshop entitled "The Politics of Memory in Modern Korea" at the Korea Institute, Harvard University, in 2006. She also served as an advising committee member for the Asia-Africa Literature Festival in 2007 and for the POSCO Asian Literature Forum in 2008.

바이링궐 에디션 한국 대표 소설 035

성탄특선

2013년 10월 18일 초판 1쇄 인쇄
2023년 8월 28일 초판 3쇄 발행

지은이 김애란 | **옮긴이** 제이미 챙 | **펴낸이** 김재범
감수 전승희 | **기획** 정은경, 전성태, 이경재
편집 정수인, 김형욱, 윤단비 | **관리** 박신영 | **디자인** 이춘희
펴낸곳 아시아 | **출판등록** 2006년 1월 27일 제406-2006-000004호
주소 서울특별시 동작구 서달로 161-1 (흑석동 100-16)
전화 02.3280.5058 | **팩스** 070.7611.2505 | **홈페이지** www.bookasia.org
ISBN 978-89-94006-94-9 (set) | 978-89-94006-99-4 (04810)
값은 뒤표지에 있습니다.

Bi-lingual Edition Modern Korean Literature 035

Christmas Specials

Written by Kim Ae-ran | **Translated by** Jamie Chang
Published by ASIA Publishers
Address 161-1, Seodal-ro, Dongjak-gu, Seoul, Korea
Homepage Address www.bookasia.org | **Tel**. (822).3280.5058 | **Fax**. 070.7611.2505
First published in Korea by ASIA Publishers 2013
ISBN 978-89-94006-94-9 (set) | 978-89-94006-99-4 (04810)

바이링궐 에디션 한국 대표 소설

한국문학의 가장 중요하고 첨예한 문제의식을 가진 작가들의 대표작을 주제별로 선정!
하버드 한국학 연구원 및 세계 각국의 한국문학 전문 번역진이 참여한 번역 시리즈!
미국 하버드대학교와 컬럼비아대학교 동아시아학과, 캐나다 브리티시컬럼비아대학교 아시아학과 등 해외 대학에서 교재로 채택!

바이링궐 에디션 한국 대표 소설 set 1

분단 Division

01 병신과 머저리-**이청준** The Wounded-**Yi Cheong-jun**
02 어둠의 혼-**김원일** Soul of Darkness-**Kim Won-il**
03 순이삼촌-**현기영** Sun-i Samch'on-**Hyun Ki-young**
04 엄마의 말뚝 1-**박완서** Mother's Stake I-**Park Wan-suh**
05 유형의 땅-**조정래** The Land of the Banished-**Jo Jung-rae**

산업화 Industrialization

06 무진기행-**김승옥** Record of a Journey to Mujin-**Kim Seung-ok**
07 삼포 가는 길-**황석영** The Road to Sampo-**Hwang Sok-yong**
08 아홉 켤레의 구두로 남은 사내-**윤흥길** The Man Who Was Left as Nine Pairs of Shoes-**Yun Heung-gil**
09 돌아온 우리의 친구-**신상웅** Our Friend's Homecoming-**Shin Sang-ung**
10 원미동 시인-**양귀자** The Poet of Wŏnmi-dong-**Yang Kwi-ja**

여성 Women

11 중국인 거리-**오정희** Chinatown-**Oh Jung-hee**
12 풍금이 있던 자리-**신경숙** The Place Where the Harmonium Was-**Shin Kyung-sook**
13 하나코는 없다-**최윤** The Last of Hanak'o-**Ch'oe Yun**
14 인간에 대한 예의-**공지영** Human Decency-**Gong Ji-young**
15 빈처-**은희경** Poor Man's Wife-**Eun Hee-kyung**

바이링궐 에디션 한국 대표 소설 set 2

자유 Liberty

16 필론의 돼지-**이문열** Pilon's Pig-**Yi Mun-yol**
17 슬로우 불릿-**이대환** Slow Bullet-**Lee Dae-hwan**
18 직선과 독가스-**임철우** Straight Lines and Poison Gas-**Lim Chul-woo**
19 깃발-**홍희담** The Flag-**Hong Hee-dam**
20 새벽 출정-**방현석** Off to Battle at Dawn-**Bang Hyeon-seok**

사랑과 연애 Love and Love Affairs

21 별을 사랑하는 마음으로-**윤후명** With the Love for the Stars-**Yun Hu-myong**
22 목련공원-**이승우** Magnolia Park-**Lee Seung-u**
23 칼에 찔린 자국-**김인숙** Stab-**Kim In-suk**
24 회복하는 인간-**한강** Convalescence-**Han Kang**
25 트렁크-**정이현** In the Trunk-**Jeong Yi-hyun**

남과 북 South and North

26 판문점-**이호철** Panmunjom-**Yi Ho-chol**
27 수난 이대-**하근찬** The Suffering of Two Generations-**Ha Geun-chan**
28 분지-**남정현** Land of Excrement-**Nam Jung-hyun**
29 봄 실상사-**정도상** Spring at Silsangsa Temple-**Jeong Do-sang**
30 은행나무 사랑-**김하기** Gingko Love-**Kim Ha-kee**

바이링궐 에디션 한국 대표 소설 set 3

서울 Seoul

31 눈사람 속의 검은 항아리-**김소진** The Dark Jar within the Snowman-**Kim So-jin**
32 오후, 가로지르다-**하성란** Traversing Afternoon-**Ha Seong-nan**
33 나는 봉천동에 산다-**조경란** I Live in Bongcheon-dong-**Jo Kyung-ran**
34 그렇습니까? 기린입니다-**박민규** Is That So? I'm A Giraffe-**Park Min-gyu**
35 성탄특선-**김애란** Christmas Specials-**Kim Ae-ran**

전통 Tradition

36 무자년의 가을 사흘-**서정인** Three Days of Autumn, 1948-**Su Jung-in**
37 유자소전-**이문구** A Brief Biography of Yuja-**Yi Mun-gu**
38 향기로운 우물 이야기-**박범신** The Fragrant Well-**Park Bum-shin**
39 월행-**송기원** A Journey under the Moonlight-**Song Ki-won**
40 협죽도 그늘 아래-**성석제** In the Shade of the Oleander-**Song Sok-ze**

아방가르드 Avant-garde

41 아겔다마-**박상륭** Akeldama-**Park Sang-ryoong**
42 내 영혼의 우물-**최인석** A Well in My Soul-**Choi In-seok**
43 당신에 대해서-**이인성** On You-**Yi In-seong**
44 회색 時-**배수아** Time In Gray-**Bae Su-ah**
45 브라운 부인-**정영문** Mrs. Brown-**Jung Young-moon**

바이링궐 에디션 한국 대표 소설 set 4

디아스포라 Diaspora

46 속옷-**김남일** Underwear-**Kim Nam-il**
47 상하이에 두고 온 사람들-**공선옥** People I Left in Shanghai-**Gong Sun-ok**
48 모두에게 복된 새해-**김연수** Happy New Year to Everyone-**Kim Yeon-su**
49 코끼리-**김재영** The Elephant-**Kim Jae-young**
50 먼지별-**이경** Dust Star-**Lee Kyung**

가족 Family

51 혜자의 눈꽃-**천승세** Hye-ja's Snow-Flowers-**Chun Seung-sei**
52 아베의 가족-**전상국** Ahbe's Family-**Jeon Sang-guk**
53 문 앞에서-**이동하** Outside the Door-**Lee Dong-ha**
54 그리고, 축제-**이혜경** And Then the Festival-**Lee Hye-kyung**
55 봄밤-**권여선** Spring Night-**Kwon Yeo-sun**

유머 Humor

56 오늘의 운세-**한창훈** Today's Fortune-**Han Chang-hoon**
57 새-**전성태** Bird-**Jeon Sung-tae**
58 밀수록 다시 가까워지는-**이기호** So Far, and Yet So Near-**Lee Ki-ho**
59 유리방패-**김중혁** The Glass Shield-**Kim Jung-hyuk**
60 전당포를 찾아서-**김종광** The Pawnshop Chase-**Kim Chong-kwang**

바이링궐 에디션 한국 대표 소설 set 5

관계 Relationship

61 도둑견습 – **김주영** Robbery Training-**Kim Joo-young**
62 사랑하라, 희망 없이 – **윤영수** Love, Hopelessly-**Yun Young-su**
63 봄날 오후, 과부 셋 – **정지아** Spring Afternoon, Three Widows-**Jeong Ji-a**
64 유턴 지점에 보물지도를 묻다 - **윤성희** Burying a Treasure Map at the U-turn-**Yoon Sung-hee**
65 쁘이거나 쯔이거나 - **백가흠** Puy, Thuy, Whatever-**Paik Ga-huim**

일상의 발견 Discovering Everyday Life

66 나는 음식이다 – **오수연** I Am Food-**Oh Soo-yeon**
67 트럭 – **강영숙** Truck-**Kang Young-sook**
68 통조림 공장 - **편혜영** The Canning Factory-**Pyun Hye-young**
69 꽃 – **부희령** Flowers-**Pu Hee-ryoung**
70 피의일요일 – **윤이형** BloodySunday-**Yun I-hyeong**

금기와 욕망 Taboo and Desire

71 북소리 - **송영** Drumbeat-**Song Yong**
72 발칸의 장미를 내게 주었네 - **정미경** He Gave Me Roses of the Balkans-**Jung Mi-kyung**
73 아무도 돌아오지 않는 밤 – **김숨** The Night Nobody Returns Home-**Kim Soom**
74 젓가락여자 – **천운영** Chopstick Woman-**Cheon Un-yeong**
75 아직 일어나지 않은 일 – **김미월** What Has Yet to Happen-**Kim Mi-wol**

바이링궐 에디션 한국 대표 소설 set 6

운명 Fate

76 언니를 놓치다 – **이경자** Losing a Sister-**Lee Kyung-ja**
77 아들 – **윤정모** Father and Son-**Yoon Jung-mo**
78 명두 – **구효서** Relics-**Ku Hyo-seo**
79 모독 – **조세희** Insult-**Cho Se-hui**
80 화요일의 강 – **손홍규** Tuesday River-**Son Hong-gyu**

미의 사제들 Aesthetic Priests

81 고수 – **이외수** Grand Master-**Lee Oisoo**
82 말을 찾아서 – **이순원** Looking for a Horse-**Lee Soon-won**
83 상춘곡 – **윤대녕** Song of Everlasting Spring-**Youn Dae-nyeong**
84 삭매와 자미 – **김별아** Sakmae and Jami-**Kim Byeol-ah**
85 저만치 혼자서 – **김훈** Alone Over There-**Kim Hoon**

식민지의 벌거벗은 자들 The Naked in the Colony

86 감자 – **김동인** Potatoes-**Kim Tong-in**
87 운수 좋은 날 – **현진건** A Lucky Day-**Hyŏn Chin'gŏn**
88 탈출기 – **최서해** Escape-**Ch'oe So-hae**
89 과도기 – **한설야** Transition-**Han Seol-ya**
90 지하촌 – **강경애** The Underground Village-**Kang Kyŏng-ae**

바이링궐 에디션 한국 대표 소설 set 7

백치가 된 식민지 지식인 Colonial Intellectuals Turned "Idiots"

91 날개 – **이상** Wings-**Yi Sang**
92 김 강사와 T 교수 – **유진오** Lecturer Kim and Professor T-**Chin-O Yu**
93 소설가 구보씨의 일일 – **박태원** A Day in the Life of Kubo the Novelist-**Pak Taewon**
94 비 오는 길 – **최명익** Walking in the Rain-**Ch'oe Myŏngik**
95 빛 속에 – **김사량** Into the Light-**Kim Sa-ryang**

한국의 잃어버린 얼굴 Traditional Korea's Lost Faces

96 봄·봄 – **김유정** Spring, Spring–**Kim Yu-jeong**
97 벙어리 삼룡이 – **나도향** Samnyong the Mute–**Na Tohyang**
98 달밤 – **이태준** An Idiot's Delight–**Yi T'ae-jun**
99 사랑손님과 어머니 – **주요섭** Mama and the Boarder–**Chu Yo-sup**
100 갯마을 – **오영수** Seaside Village–**Oh Yeongsu**

해방 전후(前後) Before and After Liberation

101 소망 – **채만식** Juvesenility–**Ch'ae Man-Sik**
102 두 파산 – **염상섭** Two Bankruptcies–**Yom Sang-Seop**
103 풀잎 – **이효석** Leaves of Grass–**Lee Hyo-seok**
104 맥 – **김남천** Barley–**Kim Namch'on**
105 꺼삐딴 리 – **전광용** Kapitan Ri–**Chŏn Kwangyong**

전후(戰後) Korea After the Korean War

106 소나기 – **황순원** The Cloudburst–**Hwang Sun-Won**
107 등신불 – **김동리** Tŭngsin-bul–**Kim Tong-ni**
108 요한 시집 – **장용학** The Poetry of John–**Chang Yong-hak**
109 비 오는 날 – **손창섭** Rainy Days–**Son Chang-sop**
110 오발탄 – **이범선** A Stray Bullet–**Lee Beomseon**

K-픽션 시리즈 | Korean Fiction Series

〈K-픽션〉 시리즈는 한국문학의 젊은 상상력입니다. 최근 발표된 가장 우수하고 흥미로운 작품을 엄선하여 출간하는 〈K-픽션〉은 한국문학의 생생한 현장을 국내외 독자들과 실시간으로 공유하고자 기획되었습니다. 〈바이링궐 에디션 한국 대표 소설〉 시리즈를 통해 검증된 탁월한 번역진이 참여하여 원작의 재미와 품격을 최대한 살린 〈K-픽션〉 시리즈는 매 계절마다 새로운 작품을 선보입니다.

001 버핏과의 저녁 식사-**박민규** Dinner with Buffett-**Park Min-gyu**

002 아르판-**박형서** Arpan-**Park hyoung su**

003 애드벌룬-**손보미** Hot Air Balloon-**Son Bo-mi**

004 나의 클린트 이스트우드-**오한기** My Clint Eastwood-**Oh Han-ki**

005 이베리아의 전갈-**최민우** Dishonored-**Choi Min-woo**

006 양의 미래-**황정은** Kong's Garden-**Hwang Jung-eun**

007 대니-**윤이형** Danny-**Yun I-hyeong**

008 퇴근-**천명관** Homecoming-**Cheon Myeong-kwan**

009 옥화-**금희** Ok-hwa-**Geum Hee**

010 시차-**백수린** Time Difference-**Baik Sou linne**

011 올드 맨 리버-**이장욱** Old Man River-**Lee Jang-wook**

012 권순찬과 착한 사람들-**이기호** Kwon Sun-chan and Nice People-**Lee Ki-ho**

013 알바생 자르기-**장강명** Fired-**Chang Kang-myoung**

014 어디로 가고 싶으신가요-**김애란** Where Would You Like To Go?-**Kim Ae-ran**

015 세상에서 가장 비싼 소설-**김민정** The World's Most Expensive Novel-**Kim Min-jung**

016 체스의 모든 것-**김금희** Everything About Chess-**Kim Keum-hee**

017 할로윈-**정한아** Halloween-**Chung Han-ah**

018 그 여름-**최은영** The Summer-**Choi Eunyoung**

019 어느 피씨주의자의 종생기-**구병모** The Story of P.C.-**Gu Byeong-mo**

020 모르는 영역-**권여선** An Unknown Realm-**Kwon Yeo-sun**

021 4월의 눈-**손원평** April Snow-**Sohn Won-pyung**

022 서우-**강화길** Seo-u-**Kang Hwa-gil**

023 가출-**조남주** Run Away-**Cho Nam-joo**

024 연애의 감정학-**백영옥** How to Break Up Like a Winner-**Baek Young-ok**

025 창모-**우다영** Chang-mo-**Woo Da-young**

026 검은 방-**정지아** The Black Room-**Jeong Ji-a**

027 도쿄의 마야-**장류진** Maya in Tokyo-**Jang Ryu-jin**

028 홀리데이 홈-**편혜영** Holiday Home-**Pyun Hye-young**

029 해피 투게더-**서장원** Happy Together-**Seo Jang-won**

030 골드러시-**서수진** Gold Rush-**Seo Su-jin**

031 당신이 보고 싶어하는 세상-**장강명** The World You Want to See-**Chang Kang-myoung**

032 지난밤 내 꿈에-**정한아** Last Night, In My Dream-**Chung Han-ah**

Special 휴가중인 시체-**김중혁** Corpse on Vacation-**Kim Jung-hyuk**

Special 사파에서-**방현석** Love in Sa Pa-**Bang Hyeon-seok**

K-포엣 시리즈 | Korean Poet Series

030 앙코르-**신동옥** Encore-**Shin Dong-ok**

029 내가 가진 산책길을 다 줄게-**정우신**
I'll Give You All My Promenade-**Jeong Woo-shin**

028 글자만 남은 아침-**박장호** A Morning with only Writing Left-**Park Jang-ho**

027 거의 모든 기쁨-**이소연** Nearly All Happiness-**Lee Soyoun**

026 설운 일 덜 생각하고-**문동만** Thinking Less about Sad Things-**Moon Dong-man**

025 새를 따라서-**박철** Following Birds-**Park Cheol**

024 여기까지가 미래입니다-**황인찬**
You Have Reached the End of the Future-**Hwang Inchan**

023 비물질-**이현호** Non-matter-**Lee hyun-ho**

022 굴 소년들-**이설야** Cave Boys-**Lee Sul-ya**

021 끝을 시작하기-**김 근** Beginning the End-**Kim Keun**

020 호랑나비-**황규관** Tiger Swallowtail-**Hwang Gyu-gwan**

019 자살충-**김성규** Suicide Parasite-**Kim Seong-gyu**

018 호모 마스크스-**김수열** Homo Maskus-**Kim Soo-yeol**

017 해저의 교실에서 소년은 흰 달을 본다-**장이지**
A Boy Is Looking at the White Moon from a Classroom Under the Sea-**Jang I-ji**

016 느낌은 멈추지 않는다-**안주철** Feeling Never Stops-**Ahn Joo-cheol**

015 해피랜드-**김해자** HappyLand-**Kim Hae-ja**

014 마트료시카 시침핀 연구회-**유형진**
The Society for Studies in Matryoshka and Basting Pins-**Yu Hyoung-jin**

013 여름만 있는 계절에 네가 왔다-**이영주**
You Arrived in the Season of Perennial Summer-**Lee Young-ju**

012 세계의 끝에서 우리는-**양안다** We, At the End of the World-**Yang Anda**

011 깊은 일-**안현미** Deep Work-**An Hyeon-mi**

010 해를 오래 바라보았다-**이영광** I Gave the Sun a Long Look-**Lee Young-kwang**

009 유령시인-**김중일** A Ghost Poet-**Kim Joong-il**

008 자수견본집-**김정환** An Embroidery Sampler-**Kim Jung-whan**

007 저녁의 고래-**정일근** Evening of the Whale-**Chung Il-keun**

006 **김현 시선 Poems by Kim Hyun**

005 **안상학 시선 Poems by Ahn Sang-Hak**

004 **허수경 시선 Poems by Huh Sukyung**

003 **백석 시선 Poems by Baek Seok**

002 **안도현 시선 Poems by Ahn Do-Hyun**